# 在这
# 复杂世界里

韩寒 监制

一个工作室 主编

浙江出版联合集团
浙江文艺出版社

# 目录

冰与雪之歌/一匹马赛克

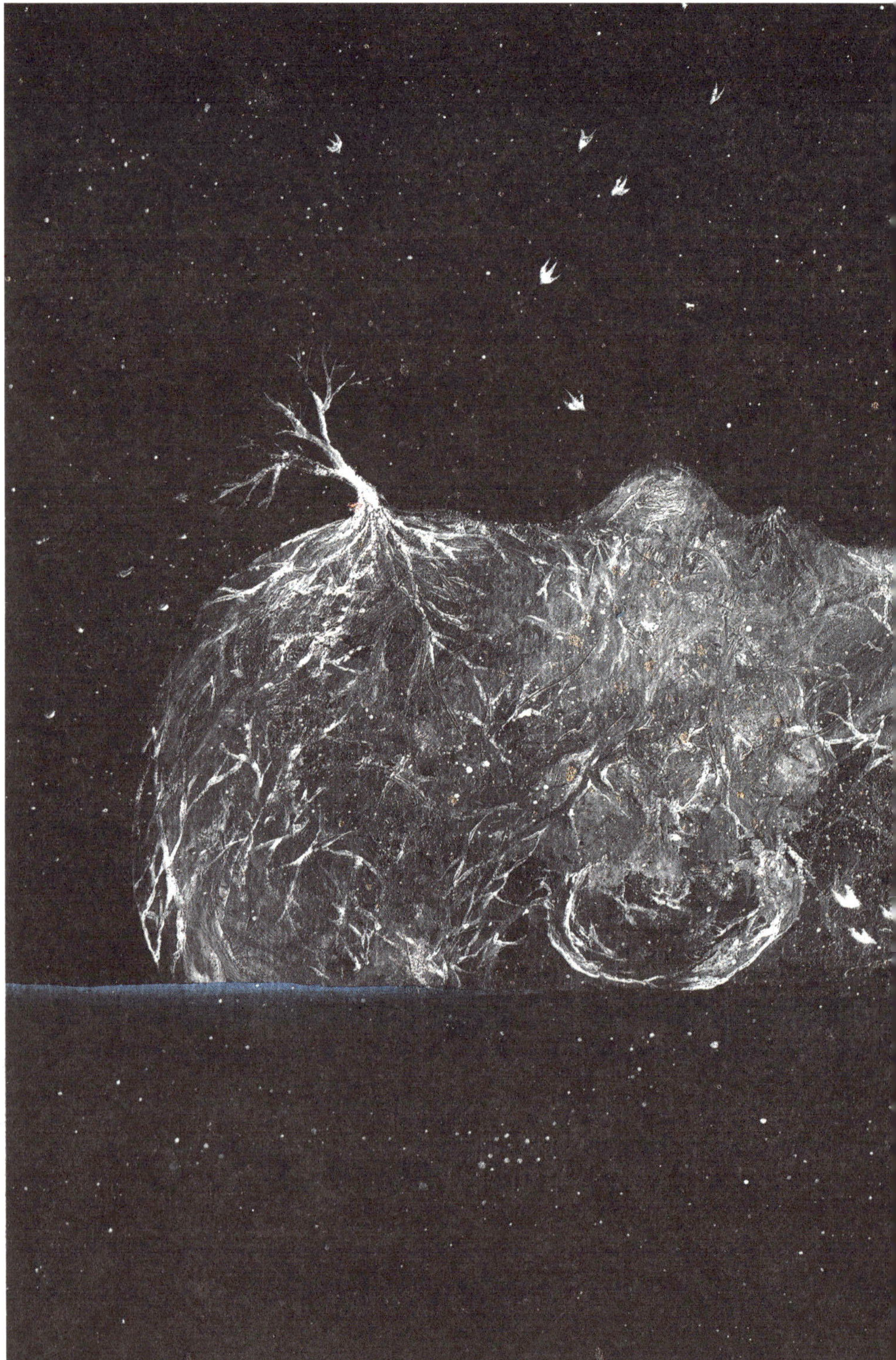

微光/dr_h

这个国家最东边的一个弯道/韩寒

# 他人只是自己眼中的故事

文 / 韩寒 作家 赛车手 导演 @韩寒

2006、2007年的时候，感觉自己其实已经跟青春告别了。还挺奇怪的，我说不清楚在哪个具体的节点，因为什么事情，但那时候觉得自己各方面的心态已经不像少年或青春期那样冲动了。

之前那些年，你们只是看到我在表象上的火了，我写了一些杂文，愤世嫉俗，批判社会，事实上也没有做任何实质性的事情。2007、2008年的时候，越来越多人开始关注我，但很多人只是希望我能够为他们说话，这样的人越来越多以后，导致我没有办法去写自己感兴趣的东西，生活里就充斥着那些杂文，然后发现会有重复，而我是一个特别讨厌重复的人。那些杂文会传播得很广，但那又怎样呢？当然，也可以很骄傲地说，社会变得越来越好，我也有一份功劳。但事实上，真的是这样吗？对于这个世界的创造，对于很多事情的收获，就只是坐在家里写一些杂文，写个一两千字，当所谓的“键盘侠”。那个时候虽然大家看我非常正义凛然的样子，但归根结底，还是“键盘侠”的一种，稍显高等一点罢了。结果就是有大把特别好的青春时光我没有更好地去创造价值，只是沉浸在无尽的此类事务中。渐渐渐渐地，我觉得它对于我来说，并非那么重要了。

我一直在乱入，所以我乱入得挺习惯的。但我知道一点，在乱入的领域里，他人会对你有更高的要求。我不会在一个陌生的、没有做好准备的地方，而且也不了解很多东西的同时，去肆意拼杀，觉得这是一种潇洒。这么多年的车手生涯告诉我，再强的车手，如果不去勘路，不做准备，没有路书，一样不会赢得比赛。我并不是那么在意所谓的战胜自己，因为战胜自己实在太宽泛了。战胜自己有时候是一种安慰，这件事你明明干得不好，失败了，但是你说你至少挑战了自己，战胜了自己。但“战胜自己”是一个无法衡量的词。赛车比赛就是要战胜对手，你战胜自己没用，你跑了最后一名，你说你战胜了自己，你克服了自己的什么什么，一点用都没有。你就是要为车队赢得比赛，为自己赢得比赛。

拍电影本身就是我一直以来要做的一件事。在这样一个时机，这样一个时间，和这样一些我觉得很优秀的人一起合作，可能是最好的结果。电影不能像写小说，我可以随时开写一个没有提纲的小说，而且是一个不会很差的小说。但电影不能这么玩。不是随便劝我说，哎，拍部片吧，能赚很多钱，能怎么怎么样，然后我一拍大腿说，成，就这样。真的不是这样。没有积累，没有兴趣、爱好，没有一种冲动、跃跃欲试以及对这种跃跃欲试做出的准备，你不可能把事情做好。技能是一种准备，知识是一种准备，人生经历也是一种准备。我把所有的错，都放在前面犯掉了，我觉得，现在来拍这部影片是非常好的时机，无论是从心态上还是准备上。很多事情你不适应，然后强行去做了，又弄了一堆外在的东西，使其看上去高大上，但结果却不行。我们犯了很多类似的错误以后，再也不会这样犯错了。

我不顾市场的一种表述，恰恰赢得了一部分受众的喜欢，它可以让我更加不顾市场地去表达。我的小说其实算是一种非常非常不商业的写法，它没有那种人物的戏剧冲突，没有狗血的剧情。别看我平时说话会“你×”“我×”，但到现在为止，我小说里面的主人公都很少会牵手。其实它真的不是商业社会里的商品，电影也是这样。我不需要去迎合那些观众，我是来拍电影的，不是来拍马屁的。我既不是来拍发行方、投资方马屁，也不是来拍观众马屁。当然，这也不代表观众不喜欢什么，我非得来什么，死活跟他们对着干，或者特别曲高和寡。我希望，所有事情都在自己的审美中，在自己的决判控制之下，不受他人所绑架，不受他人左右。

好玩对我来说还是比较重要的一个环节。我不在乎这些是否能给我带来赞美，带来名誉。回首我以前做的那些事情，我依然觉得有些浪费了我的才能及时间；但是对其他很多人和事来说，我做得足够好了。我现在有时候回过头看我以前那些杂文，还是会觉得当时写得真的挺好的，当然有些是写得很烂。对现在的我来说，我会把时间放在一些我认为更有意义的事情上。以前的那些杂文在另外一个时空里是到了一个高度，而且我不觉得这个高度可以轻易被其他人超越。但这个高度我不想再继续攀升了，因为我有更喜欢的事情。当你向一万个人证明一件事情的时候，最终你发现你只得到了一个明白的人，那就足够了。对于整个世界来说，它不管你怎样——冤枉、清白、委屈、成功、失败……

他人只是自己眼中的故事而已，为了满足自己心中的情感抒发，别人所有的事情都是故事。

（本文根据《人物》杂志专访视频整理）

# 两　个　哑　巴

文 / 马頔　音乐人　@马頔-麻油叶

**“我期望语无伦次地过活，或者完全没有语言，这让我不再没完没了地诉说我爱着的姑娘，和让我憎恨的生活。”**

几天前我在台湾，骑着电动车行驶在异常清静的靠海公路上，人烟稀少，草木都显得彬彬有礼，云很低，好像唾手可得，可以大声唱歌，或者躺在沙滩上对着天空怪叫，一路上没人可交谈，乐得其所。

这让我想起一个姑娘，我们是小学最后一年的同班同学，虽然只有三个月。我只听过一次她的声音，但我们从没停止过“交谈”，直到现在。

她是插班生，老师的提前交代，让所有人都对即将来到的新同学充满了揣测。但不包括我，原因要从一年前的那场变故开始说起。故事太长，只说结果——就是我不再喜欢说话，变成了一个孤僻怪异的孩子，很长一段时间里对任何人和事都失去了好奇，倒也不是一句话都不说，在我妈的皮带下总还是有例外的。

因为小时候生活的地方有一个很大的工厂，大家的父母基本都在那里上班，很早就有人开始讨论起这个素未谋面的姑娘到底是谁家的孩子。有人说她是因为蹲班才转学到我们小学；有人说她父母死了，是姑姑养大的；还有人说她是个哑巴。也就是最后一个传言，让我开始对她有了不一样的感觉。

直到我第一次见到她，谈不上漂亮，但有一双不一样的眼睛，可能是因为大我们一岁的关系，身材相比班上的女孩都要成熟一些。老师说，这位新同学因为一些原因不能说话，所以同学们要帮老师好好照顾她，不许欺负她。确实，从她来的那天开始就没有说过一句话，对周遭更是置若罔闻。渐渐地，她的称呼从本名变成了哑巴，或者怪兽，受到了所有人的排挤，和我一样。尽管如此她还是默不作声，连生气都没有过。我喜欢她的眼神，那种感觉就像在肆意玩弄着好奇者的心。

我们的座位离得很近，让我有足够的条件观察她的一举一动。其实她除了不曾说话，任何行为都和正常人无异，但在那个年纪，所有人都喜欢凌驾于他人之上，很可惜我和她都属于被高高在上者踩在脚下的那种。我开始试图接近她，传纸条成了最便捷的方式。起初她从不理睬，直到有一次我看到了她在看一本书，便问她书的名字，她居然回了我——

“是《海底两万里》。”

“如果你看完可以借我吗？”我抓住机会继续和她攀谈着。

“好，如果你能两天看完的话。”她回。

这是我们第一次“交谈”，依旧冷漠。因为课业，我对书本完全没有兴趣，为了能继续和她说上话，还是硬着头皮看了起来。现在想想还是很感谢她，如果不是她，我完全不知道课本上学来的文字，还有这种能让我如此着迷的排列，让我感觉到了另一个世界。

自此，我经常找她借书看。慢慢地，她的回复也不再刻板，话也多了起来，我们从凡尔纳聊到大仲马、巴尔扎克，和让我们脸红心跳似懂非懂的杜拉斯，最后聊到了未知的爱情和幼稚的未来。我为我们的早熟感到骄傲，越来越觉得她独一无二，放学路上也开始有了我们并肩的身影，但我从没问过她为什么不会说话。

有次周末，我们坐车到很远的图书馆去借书，看着林立的高楼，我突然想到一句话，就写了下来给她：世界的欲望是无限大的。她看了之后对我笑了一下，虽然漫不经心，我却受到了极大的鼓舞。那以后，每天我都会想一句类似的话写给她。我承认那时候自己被她迷得神魂颠倒。我们经常争论一些超越年龄的话题。也就是那段日子，我开始懵懂地审视起这个最熟悉又最陌生的世界。

我们还一起听音乐，为了能一起买一盘磁带，每天放学不坐公交车，省下钱走很远的路回家。她原本就不会说话，而我的话也跟着越来越少，只对她是一个例外。

因为亲近，更让班上的同学有了空子，说我们恋爱了，两个哑巴在一起了，嘲笑和谩骂接踵而至，欺负我们的行为也愈演愈烈，课本被扔到楼下变成了常事，偷偷买来的磁带也被扯出了磁条。我们从不理睬，把每一本课本的空白页都撕下来折成飞机扔回教室，把被扯坏的磁带聚在一起点燃，把周遭同学当傻瓜一样看待。最后还是惊动了老师，找来了我妈和她姑姑详谈了我们早恋的问题，这更让我窃喜。很多年以后我问自己：我们之间是否存在过爱情？虽然无解，但至少，我有这样期望过。

直到冬天来临。

我们的教室在顶层，老式教学楼的暖气设施很落后，需要一个放水的地方才能正常运行，恰好出水口就在我们的教室，她就坐在旁边。那天是班主任的课，课堂上很安静，暖气试运行，突然嗤出了热气，稀松平常的现象，却引发她一声惊恐的叫喊。所有人都为之一愣，看着原本坐在那儿的她一下逃到了很远的地方，蜷缩在角落里捂住了耳朵。那是所有人第一次听见她从嘴里发出声音，包括我。在鸦雀无声的三秒以后，全班开始哄堂大笑，有人带头说道："哑巴说话了，哑巴让暖气吓疯啦，哈哈哈哈！"看着在一边颤抖的身影，我脑子一热，冲上去揪住那个男孩就是一拳，随后就被周围的男生一拥而上摁在了地上。就在我们扭打的时候，一个女孩突然说："老师，哑巴哭了！"

她哭了，哭得默不作声，以嘲讽的方式，一种光天化日之下的无声恸哭。教室里的每个人都像挨了一个响亮的嘴巴，有人低头不语，有人试图安慰却无从下嘴，有人索性继续言不由衷。只有我笑了，在整间教室里的错愕中，我笑出来了，像一个胜利者，看上去像个傻瓜。很快我就笑不出来了。当天还没有放学，她姑姑就把她接回了家，那是我最后一次见到她，因为她又转学了。

不久后有次听大人们聊起她姑姑的事，才知道她父母在她四年级的时候，煤气中毒去世了。那天放学她在学校等了很久没人来接，自己走回家，独自一人面对着父母的尸体，伴着煤气灶上的嗤嗤作响。我也理解了为什么那天她会那么惊慌。幸好进屋的时候没有关门，邻居闻到了味道，等赶来的时候她也晕倒在了父母的尸体旁。抢救过来之后，不知是被父母去世吓到，还是因为煤气中毒的关系，她不再说话了。尽管医生说她并没有丧失语言能力，是心理问题，但一直没有进展。爷爷奶奶觉得她是个女孩，不能传宗接代，想把她送去孤儿院，姑姑不肯，和家里断绝了关系，独自抚养她。而在那个年代，没人想要娶一个带着拖油瓶的女人，况且还是个小哑巴，就这样姑姑带着她一直没有嫁人。那天来接她的时候，我见到了她姑姑，是个漂亮的女人。

我一直在等她的信，曾经给她写过家里的地址，为了在寒假的时候也能继续“交谈”，但不确定她是否还留着。两年多以后我才收到了她的信，信里是这样写的：

“很久不见，是否安好？不知道你还记不记得我，但我一直没忘了你。

“也许你后来听说了一些我的事，虽然那都不重要了，我们各自已经有了新的生活，但我还是会记挂你。和你说个秘密吧，其实我不是哑巴，一开始是因为不敢说话，但渐渐地，我发现自己真的不再需要说话了，因为这让我有足够的时间扪心自问，和自己说话就够了。也不再需要朋友，因为我发现所有问题都来源于内心，书和音乐就是我的朋友。直到那年遇见你，开始让我想要倾诉，虽然你拙劣得像个笨蛋，也可能是因为我很久没和别人交谈过了，唯独你是不同的吧。对于姑姑也从没这种感觉，因为我不知道要以何种语言面对她，来诉说我的感恩和愧疚——我承认这是懦弱。

“我也写给你一句话吧：为什么那么多人着急放弃沉默？可能是因为他们从没真的沉默过。

“谢谢你。现在我很好，希望你也是。勿念。”

后来我又把信反复读了很多遍，没给她回信，因为信上没有地址，那以后她也没再给我写过信。我把信烧了，当作是诀别。现在，我还在坚持每天写一句话，姑且当作我们继续“交谈”的方式吧。

很多年后的今天，我还依稀记得曾经有一天我们一起放学回家，路过那家盗版磁带店，店家正在放《那些花儿》，我们站在那儿听了很久，夕阳斜照在她的脸上，很漂亮，她一直闭着眼睛微笑。

我有一种感觉，那时候她一定在跟着哼唱。

独 / 顾均

双 / 顾均

羽毛/陈磊盟

# 微　博　自　杀　记

文 / 方慧　90后作者　编剧　@方慧

每个早上我都和自己打赌，男友会回复我的微博。我的眼睛还没睁开，期待就开始苏醒，越来越灼人，我浑身肿胀，再也躺不住，便一跃而起，扑到电脑边。

但每次微博页面就像一潭死水，纹丝不动。没有黄色的标签弹出来，告诉我：“您有×条未读消息，请点击此处查看。”

我去检查网络，网线插头拔掉，再插上，再刷新网页，还是纹丝不动。我去刷牙洗脸，我去吃早餐，乘地铁上班，挤在人群里摇摇晃晃地拿手机登微博，首页还是纹丝不动。一天都过去了，没有黄色的标签弹出来，告诉我：“您有×条未读消息，请点击此处查看。”这是有问题的，不对的。

因为我知道我的男朋友，非常非常爱我。分手后我们互相取消关注对方的ID，但他会一次又一次地打开我的微博页面，读我当天发的内容。他不作声，不过是碍于面子。他总会作声的。就像去年冬天，我发烧吊水，把手上贴着的针头拍下来，发到微博上，晚上陆陆续续收到一些回复，有同事的，有大学同学的，那倒数第二条，就是他的。他说：“好些了吗？”那时我才知道，他是看我微博的，他露馅了。

我每天发一条到两条微博，我发自拍，晒美食，赞叹好天气。有时候，和室友吃东西，我会突然定住不动：这盘菜真有卖相，我今天发型也很萌，给我拍张照片吧。室友就放下筷子勺子，掏出手机给我拍照。我又觉得我侧脸比较好看，你到桌子左边拍我吧，左边斜上角，差不多四十五度。等会，我先吃东西，你在我不经意的时候拍，这样比较自然。室友总是说：“哦，好的。这样行吗？”
我觉得不好，就会让室友重新帮我拍一张。室友顶多皱一下眉，但这一点点的不好意思和一张满意的照片比起来，算什么呢，对吧？

我挑出最好的一张，在QQ上发给擅长PS的妹妹。妹，你表现的时候到了，帮我P一下。P得好看就行了，脸小一点，眼睛大一点，色调柔美一点，弄成lomo的风格。“哦，好的。”
几个小时后，我的妹妹在QQ上把照片发给我，附上大功告成后要死要活的呻吟。但我不满意，就毫不客气地继续提出修改建议：“脸不够小，眼珠子不够自然，能再弄黑点吗？这件衣服能不能变成我生日那天买的，最好看的那件？”
“神啊，我只会修图，不会变魔术。”我的妹妹说完就下线了。

但有什么关系呢？有一点点麻烦别人，一点点不自在，和能够在微博上发一张完美的照片比起来，算什么。这样的照片我保存了几十张，以备后用。我把它们放在一个专用的文件夹里，一天一两张，慢慢地发。我通常是轻描淡写地输入“今天没怎么化妆，昨晚也没睡好，黑眼圈好重，真烦”，反正是诸如此类的话，然后从文件夹里挑出一张无敌美照贴上去，剩下的时间坐收评论。我知道，我的男朋友会看到的，他会一次次惊讶地发现我比从前更加光彩照人。想必他会脱口而出：“嗲！”

但是他碍于面子，从不作声。

我问我的室友，一个人怎么可以爱面子到这种程度。我的室友瘪瘪嘴，做了个很美剧的耸肩动作，大概是说：I don't know。
我的妹妹，熟读各路励志心灵鸡汤读物的姑娘，高声朗诵道：“遇到你以前，我不知道我的懦弱。遇到你以前，我不知道我的畏缩。遇到你以前……一切都在遇到你的那一刻天翻地覆。从此，我是一个胆小鬼，不过因为，遇到了你，爱上了……啊啊！”不等她说完我的枕头就砸了过去：“妹，鸡皮疙瘩满地！”

但我心里喜滋滋的。
我的男朋友，只是比较含蓄。

他最近的一条微博写道：TNND梅雨，潮湿，心情烦躁。没人比我更明白，他是在用比较含蓄的方式表达，他忍受冷战和思念的折磨，忍得满心疲惫，嘴上却要说因为梅雨而烦躁。

他总会作声的，不过我不知道什么时候罢了。

一天，下班后，我靠着门问我的室友："我们认识很久了吧？"室友抬起糊着白花花面膜的脸："又要帮你做啥？如果是拍照就等会。"我有些难为情，笑笑："不是拍照了，我下个月拿奖金，请你吃大餐。""哇哦！"室友很高兴。
我伸出一截指头帮她把面膜上的气泡挤掉，"那么现在你帮我发个微博是没问题的咯？""切——"室友抽出一张纸巾揩揩手，"说吧，发什么？"

当天晚上，室友在微博上@我，"今天送你花的男人是谁啊？"下附一张我从文件夹中精挑细选过后传给她的图，图中的我笑靥如花风情万种。
这条微博不到十分钟就被转发了三十次，我的同事，我的大学同学，我的所有认识的不认识的博友，纷纷八卦起来。"什么情况？""有人追了？""查查她星座是不是最近有桃花运。""出事啦！"

这些人当中，就有被我的男朋友关注的人。他们转发过去，这条微博就会出现在他的主页里，我数了一下，一共会出现三次。焦灼吧，小子，我是有很多人追的，滚烫的、新鲜出炉的焦灼！我几乎要跳起来了。但第二天当我醒来，新的苦恼冒出来了。

微博评论里出现了N句"无图无真相"，他们仿佛被设置好程序的"机械手"、"时光机"，自动复制粘贴，异口同声，铺天盖地。我的同事和同学都疯了，不止他们，更多不认识的ID也参与进来，那些形色各异的四方头像，像一张张盲目大张的口，形状一致地嚷着要看我收到花的照片，好像这跟他们有半毛钱关系。

没办法，下班后我去买花。
因为我知道，虽然我的男朋友没有说话，但他一定在安慰着自己：无图无真相，所以不用焦灼，嗯，不用焦灼。

买完花，我打电话给我的妹妹。亲爱的妹，我们的感情一直那么好，那么好。你小学的时候暑假作业在开学前一天才开始写，写不完，我就不睡觉通宵帮你写，写得双手都生了冻疮。你初中的时候收到的情书被爸妈看到，你尴尬得想一头撞死，我挺身而出，“这些都是我的！我的！”不顾在这个谎言中情书开头称呼等严重bug。你高中的时候……

半个小时后，我的妹妹瘦小的身躯扛着巨重的单反相机在寒风中各种扭摆蹲跳，一个小时内给我拍了几百张捧花的照片，正面的侧面的看镜头的不看镜头的走路的站立的静的动的，应有尽有。翻着相机里的照片，我泪眼蒙眬。妹，你对我真好，你放心，姐姐幸福了一定不会忘了你的功劳。我的妹妹叹了口气：你开心就好。

本是感人肺腑的一天，空气中到处都是皆大欢喜的气息，鸟兽奔走相告：他就要作声啦，他就要作声啦！

不料“我猜中了开头，却猜不中这结局”。

在我花两个半小时挑选好一张照片，传给妹妹，等待妹妹PS的过程中，又手贱地去刷了几次男朋友的微博。我想，小子，马上就有好戏了，再等几分钟，你就哭吧！在我大概第十次刷新时，男友页面陡然冒出一条新的内容。他说：“吃得好饱！嘻嘻~”附的图是一大桌子菜。我的心沉下来，轰地一下开始耳鸣。

我有这个反应不是因为他发了个作死的娘炮的“嘻嘻”，而是他在这句话后面@了一个ID，叫什么果，反正一看就是女的。
我稳住呼吸，气沉丹田，深呼吸三次，才去点那个什么果。这个过程简直是电视里那种与民同乐节目智勇大冲关的最后一关，一路风刀雨箭，等我一一接受这个什么果真的是个女的，还晒了大量和我男朋友的亲密照后，已经千疮百孔、奄奄一息。

我的妹妹在QQ上抖我一下：“P得差不多了。待会我要怎么发微博？就说偷拍你的好吧？”“不用了。”我出奇地冷静，也没有哭闹。呆坐了一会儿，实在不知道该做些什么，就挤出了几滴眼泪。又觉得冰凉凉的，擦掉了。

我一个星期没有再发微博。

微博恢复平静，重新变回一潭死水，成天纹丝不动。没有黄色的标签弹出来，告诉我：“您有×条未读消息，请点击此处查看。”

我上班下班，鲜少说话，表面风平浪静，内心其实也风平浪静。我的室友担忧地看着我说，你要尽早走出来。我说，我以前很傻逼吧？室友说，也还好。

我的妹妹给我拎来水果、酸奶、各种坚果，还有几瓶屈臣氏打折出售的维生素片。她把它们丢到床上，然后去隔壁和我的室友窃窃私语。

我真的挺好的。我对她们说。

后来，为了证明我挺好的，我又开始发微博，照样晒自拍，晒美食，赞叹好天气。不过不再期盼我的前男友作声而已。

事情转变，是在一个百无聊赖的傍晚。那天下了点小雨，空气凉飕飕的，我下班后晃进附近的全家便利店，挑了几串关东煮，歪在柜台边排队结账。这时一对男女中学生打闹着走过，女生碰到了我的手肘，关东煮纸杯里的汤华丽丽地洒了出来，湿了我的袖口。
不是很烫，湿的范围也不大，我不好生气，何况人家一再道歉，我便甩甩手说，啊没事没事，哈。但当我走出全家，走进凉津津的小雨中，却觉得很冷。我把衣领往上拽拽，把袖子往前拉拉，这时才发觉我的左手腕非常不舒服。冷却的咖喱汤汁又黏又腻，洇透衣服，湿答答地贴在皮肤上，皮肤表面结了一层薄薄的蜡烛油一样的淡黄色凝固体。我从包里摸纸巾，摸到"心心相印"袋子，一捏已是空的了。我开始不爽，掏出手机，发了条微博："真想死！"

回家的路上，我吃掉了那份关东煮，买了份《上海壹周》，在地铁里摇摇晃晃地看。也许人不多，位子多，也许看到了个把帅哥，总之我哼起了歌，心情不坏。
到家时，我脱掉鞋子，揉着脚，顺手打开电脑，登微博，然后，出事情了。我的前男友，评论了我的微博。他说："怎么了？"
我使劲揉眼睛，又一次次地点击这个ID，进去看他以往的微博，一直翻到五页以后，才敢确定是他。

该怎么回复，要不要回复并转发？我想，想得抓头，想得跺脚。冷静，我告诉自己，我等这个时刻等了那么久，一定要冷静，以静制动。要想个最周全、最不留遗憾的回复。我泡澡，揉出巨多的泡沫，慢慢消磨。我泡得十指指肚发白发胀，又爬起来看电视，吃我妹给我买的水果和核桃。我动来动去，就是要忍住不去碰电脑，手机也关着。我的前男朋友评论了我的微博，而我没有理他。我享受这个状态，能享受多久是多久。

深夜，当我打开电脑，你知道发生了什么吗？我那条微博被转发疯了。
黄色标签弹出来："您有155条未读消息，请点击此处查看。"点开了，又有新的弹出来，而标签中的数字也在不断地增加，一次次刷新着历史。我又开始耳鸣，等搞清楚状况，已经有三百多条评论了。
原来是我的亲朋好友，因为上次的事被我妹广而告之，纷纷以为我处于失恋的痛苦之中，今日想不开，寻死来着。

前来相劝的人越来越多。

“亲爱的，别想不开啊！”
“心情郁闷是正常的，别钻牛角尖。”
“大好年华，别因为一个男人毁了自己啊。”也有知情的人揪住我前男友的ID，“就是这个男的，把这么好的姑娘搞得神神叨叨这么久！”
“你还不去安慰人家姑娘！”
“劈腿帝。”

而我的妹妹，竟然连续给我发了二十条私信，急躁地责问：“你一天到晚想些什么啊？”

几个女同事也很焦急的样子，她们@我的室友：“你去看下她啊，拜托。手机也关机。”但我的室友和她男朋友在宾馆里。“我想办法联系吧。”我的室友说，“先别急。”

原来我是个自杀的人啊。我去看了看我下午发的微博，确实很像一个失恋自杀的人呢。我想，感觉还不错啊，这么多人关注我了。你看好多加V的人，那个那个，是我妹的偶像呢，还有这个，演过那啥《青春无敌》。他们都转发了我的微博，成为了我的粉丝。

我哼起了歌。
但过了一会儿，我开始坐不住了，因为不断地有人在问：“现在如何了？”“有谁知道她现在在哪啊？”“人肉一下她的地址！”
我想起来，我没有想要自杀。我想回答他们，你们想多了，我从没想过要自杀，我一点事也没有。但我打完就删掉了。没事你干吗发那样的微博？没事你怎么“真想死”，还加个感叹号？你坑爹呢！

我想，其实是有事的，我下午是心情不好的，是不高兴的。可是，为什么不高兴？我只记得咖喱油粘在手上不舒服，非常非常不舒服。但我不能这么回复别人，不能告诉他们，下午那时候，我只是左手腕不舒服。

如果我那样告诉他们，人群就会一哄而散，我会被骂骗子。更重要的是，我这辈子可能再也享受不到这狂欢式的热闹，几百几千条的评论和转发。

过了这村就没这店。
手一抖，新的一条微博就发出去了。“这个世界，再见。”

剩下的一切都如预料的一样，却又是惊喜连连。能知道的大多数名人都参与进来了，男友给我发了两条私信，问我人在哪里。“立刻告诉我！”他在第二条私信里说。我想，你小子以前去哪了？你那什么果呢，恶心不恶心，还嘻嘻，娘不娘？我跷起了二郎腿，喝醉酒般晕晕乎乎，就像做梦，眨眼的工夫粉丝就多了上千个，包括微博女王姚成、微博王子蔡抗永，还有些什么虾兵蟹将作业簿不加V。为了效果逼真，我翻箱倒柜找出了以前学美术用的颜料，把红色的涂在左手腕上，拍下来发到微博里，可不就像割过的腕！这是属于你的盛世狂欢哪，我对自己说，爽吧你。

接下来评论栏里就像在举行一个追悼会，所有人都在拼命从我以前的微博中挖掘真善美。“一个美若天仙的姑娘怎么可以就这么没了！”“善良的孩子，希望你没事。”甚至我某年某月发的一个85℃的小面包照片，也被用来歌颂我的朴素单纯。而我的老板，一个注册了微博从来都不会用的菜鸟，也笨拙地连发好几条来追忆我的好：“做事非常认真严谨，为人乐观可爱，我们所有的同事都爱她。”

正当我感动得泪眼婆娑时，门被啪啪啪地敲打。

我无暇他顾。新的消息浮上来，我的大学室友回忆我在校期间多么关爱姐妹，大冬天的挨个为大家打开水（虽然我记得的是大家轮流为所有人打开水啊）。一条微博一百四十个字不够用，她还开了个博客日志，专门细数这些往事，然后再把链接发到微博里来。我的高中同学、初中同学，也纷纷效仿。

门外有人在说：“错没错，是这家？”“就是这家。”“不开啊，她那个室友啥时候到？”后面就只听到叫我的名字。我知道了，是前来营救的人。
真感人，看来也不是只有看热闹的人，还有真正关心我生命安危的人啊。我眼眶发红，真想和他们一一拥抱。我再也坐不住了，几乎是连滚带爬地扑向门把手，但当我伸手的刹那，我看清楚我手腕上的“血痕”，已经脱落了一部分，假得刺眼。

我开始想起，我根本没有自杀。我只是手上淋了咖喱汤，非常非常地不舒服。

微博评论里铺天盖地的“救到没啊？？”“现场的人给个消息吧。”“急死个人了~~”
门外出现大力撞击的声音，接着是一伙人“一二三，嘿嚯”的叫喊，我已经听到我妹的哭声了。
门锁在晃动，也许下一秒就被撞开了。他们会看到安然无恙的我，站在这里，桌子上放着画图用的红色颜料。

我觉得非常恐怖。
微博继续热闹着，所有人都疯了，全世界都像认识了我很久很久，清楚我一发一毫，给我列优点清单。我成为一个宇宙无敌好人，而且有着只应天上有的绝世美貌。
可是门下一秒就会被撞开，他们会看到我，看到我站在这里，可耻地安然无恙着。宇宙无敌好人碎了一地，绝世美貌是个笑话。一个骗子站在这里。
冷静，我告诉自己，这种时候一定要冷静。

我抱着头靠到墙边，然后我看到了水果刀。

Mud/陈磊盟

# 手 机 里 的 男 朋 友

文 / 方慧　90后作者　编剧　@方慧

1

每天晚上，我都要在阳台上和男朋友腻歪那么一会儿。

我给他展示我新买的睡裙，黑色丝质，手感柔软，我让他摸一摸，“是不是很舒服？”我给他闻我的香水，淡淡的百果味，以椰子的甜香收尾。“这是我最喜欢的味道，”我问，“你闻到了吗？”

我的男朋友，平时是个挺温和的人，到了这个时间，却变得粗暴起来。他没有耐心听我说完，就直接扯开我的睡裙，亲吻我的脖子，伸手往我的身体里探。“受不了了，”他说，“我可以要吗？”

对此，我既反感，又喜欢，所以一边挣脱，一边又享受其中，在这种复杂交织的情绪里，我们汗津津地纠缠在一起。有时候，手机发出没电的警报声，一次，两次。“再咬你一下嘴唇就挂了啊。”“我咬到你舌头了。”于是，我们又咬了一会儿嘴唇，又咬了一会儿舌头，终于耗到手机彻底黑屏，再也发不出任何声音。

阳台栏杆边立着一株巨大的滴水观音，是房东留下来的，人蹲在旁边，焦黄的叶子垂在头顶，这里就是信号最好的地方。我每天都要在这片叶子下面，和男朋友打长长的电话，发很多很多微信，在手机里面完成很多事情。这会儿，人被丢进猝不及防的沉默里，身上并没有什么睡裙和香水，成群的蚊子绕着头顶飞旋，腿也已经麻了，半天站不起来，心里却感到如释重负的充实：这一天终于没什么指望了。

我平时的生活，就是在公司把一叠读者调查表分别夹进一堆新书里，再把这些书套上塑料膜，下班以后回到租来的房间里睡觉。说起来，男朋友就是我全部的指望。早上到公司以后，我把耳机塞进耳朵里，点开微信里那个熟悉得不能再熟悉的头像——他在夕阳下逆着光的剪影，开着聊天窗口开始工作，就能随时听到男朋友钝钝的、感冒一样的声音从耳机里弹出来，就能切换到一个昏昏欲睡、舒服得多的世界。而我也随时随地，张口就对他说话："跟你说啊，我遇到好玩的事情了。""跟你说啊，我遇到诡异的事情了。"那些"跟你说啊"的事情，也不过是我的同事出了什么丑，办公室里闯进来一只猫，下雨了。更多的时候，我们什么也不说，只是"嗯"、"哎"，或者懒洋洋地打哈欠给对方听。

不就像是在身边一样吗?

坐在我对面的女同事，有一次旁听了一下午我们一来一往的对话，很不理解。"这样的恋爱谈得有劲吗？"她说，"我是打死也不会异地恋的。"她是那种第一眼看上去就很美的女孩，并且指甲尖是要每天打磨上油的，只可惜交的男朋友大多人品有问题，所以她总是前脚秀恩爱后脚哭兮兮地失恋，指甲把对方的手臂抓得稀巴烂。

"有劲啊。"所以我想，"总归要比你那些男朋友好无数倍。"

我的男朋友，就是我能想到的最好的人。

我们一年前在共同朋友的聚会上匆匆见过一次，他腼腆地坐在角落里喝东西，很少主动说话，有人和他说话，他才礼貌真诚地回应起来。那个样子一直记在我脑子里。之后我们在微信群里互加了对方，在网上的聊天中迅速成为恋人。

他善良，习惯换位思考。早上醒来一摸手机，肯定满屏幕都是微信提醒，打开来都是他手打的甜言蜜语，大段大段的。他知道这样我会开心，所以一点也不吝啬这样的坚持。任何时候我生气，他都会花很多很多耐心把我哄好，永远不会说狠话。

他慢吞吞的，有点木讷，跟任何人都吵不起架来。有时候，我觉得他是土的，穿一件高中生才穿的纯黑运动装上下班，并且微信朋友圈经常转一些前几年流行的笑话。关于这一点，想到我在盘点他的弱点而他毫不知情，还像往常一样跟我说话，就觉得他格外无辜，因而心软和愧疚起来，从腹部涌上一阵刺痛的热流，直抵心脏。于是这些又都不算问题了，反而成为我想要更加爱他的动力之一。

这样看来，他简直是一个无可挑剔的男朋友，有着必要的优点和必要的缺点，如果非要说有什么问题，也就仅仅是见不了面了吧。

何况，就连这一个问题，也很快就不是什么问题了。

2

“下个月月底出差，要在你的城市转机，”他激动地告诉我，“我们大概有半天的时间在一起！”

接着，我们花了整整一个礼拜计划那半天要干什么，每一天都像两个打了鸡血的傻逼，在分享吃喝玩乐攻略和突发奇想中开始和结束一天。到头来我们发现，那半天的每一分钟都被安排满了，根本就不现实啊。

但其实我的心里是踏实的，不慌不乱，因为我很早很早就开始准备了。

有一阵子，我妈来我租的房子里，替我打扫卫生。她打电话到我公司里来问我：“女儿，你的家里怎么到处是垃圾，我替你打包好扔掉了啊？”我一阵警惕，“什么东西？”“就是很多健身房的什么卡啊，游泳馆的签到牌啊，还有什么烘焙会员，你又不去这些地方……”“放下来！”我马上打断她，“不要扔，一个也别扔！”

她当然不知道，那是我费了很多心思收集回来的。

我不运动，但是在和男朋友的交往模式里，我是爱运动，精力无限的。我接他的电话前，不是刚游完泳回来，就是刚打完网球回来，一身臭汗，我还让他闻闻。所以，每隔几天我就陪同事去健身房走一圈，捡回几张废弃的课程签到卡，把它们丢弃在我家里的各个角落。

除此以外，我从报刊亭里买回来成捆成捆过期的商业报、英文时事报，把它们捣鼓成七零八落、看透了的样子。这个并不在我们的交往模式里，但是我觉得它们能让我看起来神秘一些。

如果可行的话，我甚至考虑学一点浅显的小语种，等到和他在一起的时候，用别的语言给朋友打电话，漫不经心地聊几句。有一阵子，我每天都在琢磨这个事，上班的时候，我跟着网站视频念几句法语，因为代入的是生气的情绪，又太入戏，所有同事都在饶有兴趣地看着我，像在看一个神经病。

自然，我也没有停止过购置一些得体的新衣服，一些又可爱又有质感的配饰、内衣、睡衣、袜子，甚至发带和指甲油。其实，只要稍加留意，从头到脚，都有可以花心思的地方，而越是细节上花的心思，越是容易反映一个人是什么样子。

尽管之前并不知道什么时候会见面，但总有一天会见面，这是肯定的。就像一手打造起一个完美的布娃娃，我在一点一点地拼凑起一个理想的自己，等待时机成熟，就把她推上舞台。我只希望，等到他来检阅我的时候，会发现我的世界是丰富的，有很多的内容。

而不是只有他。

也有过那么一两次，我们闹分手，决定再也不用见面了。

提出分手的必定是我，原因没有别的，他的手机突然坏掉，或是不小心睡过去一整天，要么，干脆只是忘了开手机，仅仅这样，我们就彻底失去了联系。对于异地恋的人来说，失去联系就是人口失踪，就是世界末日，就是一切可以想到的最坏的事。

在那样的时候，我只能捧着手机，眼巴巴地看着他的微信头像上那个熟悉的剪影，等着它右上角突然冒出一个红色的提醒数字。如果消息一直不来，我会怀疑是办公室信号不好，便握着手机举到窗外接信号，一举就举到手臂酸痛为止。这种时候，对面女同事没有意见，我自己却要发问了，这样的恋爱真的有劲吗?

“我们永远不要见面了，也一个字都别联系了！”后半夜，在他惶恐地重新出现时，我恶狠狠地打下这样的字，然后就关了机。

但是接着我就傻了。不联系他，我还能干什么呢？那些一模一样的读者调查表，那些一模一样的书，光是想想就让我有撞墙而死的冲动。我看着房间里一堆堆崭新的睡衣、裙子、袜子，甚至一双可有可无的丝绒手套，惊恐地发现，准备和他的见面就是我生活中最愉快的部分，就是支撑我不绝望地度过每一天的全部梦想啊。

所以，当我重新开机，毫不意外地看到满屏幕消息提醒，看到他大段大段声泪俱下的道歉、解释和承诺时，我马上就哭着原谅他了。我们根本就是绑在一起的苦命鸳鸯，早就没法离开对方，独自应对那么寡淡的世界。

这会儿，他在微信里面欢呼着倒计时，“还有十二天就能见到你啦”，“还有十天啦”，“七天啦”，“五天啦”。

我把QQ空间里面一篇名叫《情侣之间要做的100件事》的日志复制给他，并且标注出了我们在时间允许范围内，可以做的十件事：手牵手逛街，当街接吻，分吃一个冰激凌，一起坐摩天轮……那最后一件，就是一起去宾馆开房，然后关掉手机，度过一段只有两个人的时间。

每天晚上在阳台上和他打电话，内容已经变成了彻头彻尾的见面场景彩排。第一句话说什么，怎么开始接吻，怎么抱我，又怎么在街头打情骂俏地推搡，细致到推搡的力度、位置，我们都怀着新奇一一来一遍，最后，男朋友就拉我进了宾馆。

滋滋的电磁波那边，另一个昏暗的地方，我能感觉到男朋友汗湿的手掌、胸膛，它们贴近我，向我传递滚烫的兴奋。男朋友意识模糊，慢慢拱向我的身体，感冒一样的声音，开始在耳边呼呼噜噜，接着，他就进去了。

“见面就好了。”他说，我们各自精疲力竭，揉着酸痛的手指。

其实也就是几个小时的事情，明天中午就能见面了。我的男朋友，善良的，慢吞吞的，有些木讷的，但是亲热的时候是滚烫粗暴的男朋友，电话里无数个吻，无数根抚摸的手指，无数滴汗，都会化为摸得到碰得着的存在。

“见面就好了。”我喃喃地重复道，腹部再次涌起一阵阵刺痛的热流，直抵心脏。

3

约定的地点是地铁站门口，一会儿，男朋友就是从这里走出来的。

我提前一小时准备就绪，连衣裙是新的，凉鞋是新的，内衣是新的，手链是新的，指甲上的指甲油是新的，就像过年的小孩穿戴全新去拜年。我看着地铁站门口玻璃中的自己，有种脱离实际的隆重的好看。

地铁站的电梯不断输送三三两两的人上来，我警惕着那个方向，一边对着镜子整理刘海。因为刘海也是新卷的，一不留神它们就会从中间岔开，呈现出一个尴尬的“八”字，所以，要不停地撸顺它们。

天气还好，虽然是夏天但不是很热，只是有一些知了在吵。等了一会儿，男朋友还没有到，我从包里掏出口气清新剂，往嘴里反复喷了几次，确保万无一失。又等了一会儿，我开始猜测男朋友对我说的第一句话是什么，他会什么时候亲我呢。想到这里，我开始模拟对他说话的语气，防止到时不知所措。

“谁让你亲我的？”我对着空气撒娇，“凭什么？烦啊。”回味了一下，觉得通通不对劲，干脆什么也不说，只是羞涩地抿嘴笑起来，但马上，又开始担心笑得有些做作，回过头凑近墙上的玻璃，重新练习几次。这时候，身后有人抱住了我。

我愣了几秒，猛然弹开，嘴里也不轻不重地带出了一句：“神经病啊。”

“吓着你了吗？”一个年轻的男人走到我面前，满脸笑容，“不好意思啊，我想给你个惊喜的。”

我抬头看向这个人，慢慢缓过来。他比我印象中要高一点，精神一点，背着一个双肩包，整个人腾腾地升起一种积极的、阳光的气流。“哦，没事的。”我说。

我们客气地友好几句，走到路边打车，他开始有一搭没一搭地说话。我的脸色一定难看得吓人，倒不是真被他吓着了，而是，我一刻也不停地在猜测他是什么时候到的，在一旁看了我多久，看到了什么。越想，我就越难给他好脸色，只得沉默着。

“我们去路口那里打车好吗？按我们的计划是先去摩天轮，对吧？”他说，脸上的笑容恰到好处，声音没有了平时被微信过滤后的朦朦胧胧，更显得干净利落。我点点头，跟着他往路口走。

在他身后，我有意无意地抬眼观察他。他没有穿运动服，而是一身简单的白T恤和米色休闲裤；鞋子倒是慢跑空气运动鞋，最新款的；背包是登山包，鼓鼓囊囊的；头发也许刚理过，又做过发型，整洁得体。怎么看，他都是比较开朗又受欢迎的那种人。我盯了很久，在心里努力把他和我的善良的、慢吞吞的、有点木讷和土的男朋友对应起来。

“来吧。”他突然停下来，把手伸向我。而我显然还没有成功地把他和男朋友完全对上，竟然愣在原地，僵住了。过了一会儿，他终于不露声色地放下了手，体贴地让我走在前面。

走在他身前，我纠结着刚才是不是伤到他了，太莫名其妙了啊，明明这就是我每天都苦苦盼着见面的男朋友，现在他就在我身后不到一米的地方。想到这里，我竟然又开始担忧他正在身后观察我，像我刚才观察他一样。每次在公共场合被别人盯着走路，我的走姿都极其不自然，恨不得爬着走掉，现在我的走姿也会不自然吗？这样一想，我几乎不太会走路了，右脚明显绊了左脚一下，整个人顿了顿。

“怎么了，脚怎么不对劲？”果然，他问。

“嗯，受了一点小伤。”我漫不经心地回答。接着，就真的像个脚受了伤的人一样疙疙瘩瘩地往前走，直奔到一辆出租车跟前，没有给他继续发问的机会。

我们两个并排坐在出租车里，广播里放着相声，司机时不时发出阵阵诡异的狂笑，我和他也跟着轻松起来。坐了一会儿，我从手机里找出要去的游乐园的大众点评页面，翻摩天轮的照片给他看。“有点脏哦？”我说。他把手机接过去，看了几眼，又指给我看：“像兔子笼有没有？”“不像啊。”我笑了出来，“神经啊，不像。”

我抽回手机，他却没有松手，这直接导致我往他的方向栽了一小截，而他顺势亲住我。

没有犹豫，他很快把舌头伸了进来，开始兴奋地搅动。我也并没有挣脱，而是静下来细细分辨这完全陌生的味道。舌头表面是凉湿的，也许刚刚被冰矿泉水浸润过，隐隐又闪过口香糖的苦甜，但这些都没法盖过那股抿嘴太久发酵出来的无精打采的浊气。我把脸别开。

坐飞机好几个小时，不开口说话，嘴里会有味道——为什么会有人连这样的常识也不知道，还要直接把舌头伸过来？并且，究竟凭什么觉得刚见面就抱别人是惊喜呢？也太不见外了吧。

也许是觉得这样比较亲昵，他拍了一下我的头，说："小丫头很害羞啊。"就这样，我好不容易维持的平静，又被这个突兀的举动彻底击碎，我能感觉到我的脸瞬间拉了下来。

车子颠了几下，才发现堵车堵得厉害，根本就没有走多远。相声还在继续聒噪着，我们眼看着时间一分一秒跳动，半小时过去了，一小时过去了，各自沉默下来，再也不说一句话。

我想起前天晚上，我和男朋友在电话里预演的那些事，想起无数个日日夜夜，我们开着微信一起吃饭，一起上班，一起睡觉，一起醒来，数着倒计时盼着见面，当时肯定一点也不知道，最后会是这样尴尬万分地堵在车子里。

在我感觉要永远困在这里时，司机终于开口建议我们，游乐园还是别去了，等我们到了那里，也已经关门了。我们两个沉默了一会儿，发现半天也已经过去一半了，他小声提议直接去最近的宾馆，做最后一件事，我没有表态。

在宾馆的大厅里，我坐在沙发上等着他去前台办手续。我盯着他的背影，想起每天在电话和微信里的男朋友，那个温和的，慢吞吞的，有点土气，但是亲热起来有些粗暴的男朋友，那个感冒一样的声音，滚烫的吻。越想，我就越觉得跟眼前这个人没什么关系。

是哪里弄错了吗？我会不会认错了人？还是说，从一开始就弄错了？也许在那个朋友的聚会上，我根本就是看到了一个人，而加了另一个人的微信。

慌乱中，我走出了大厅。
我漫无目的地乱走，最后钻进一家咖啡馆的卫生间里，鬼打墙了几次，终于成功坐在马桶上，脑子里一团乱麻。这时我收到男朋友的微信："你在哪里？"

是那个熟悉得不能再熟悉的头像，声音也还是那个像感冒一样朦朦胧胧的声音，我猛然惊醒，像是抓住了救命稻草。"跟你说啊，我遇到奇怪的事情了。"我说。

一年以来的那么多日日夜夜，遇到任何事情，我都是这样，点开他的头像，告诉他，跟你说啊，我遇到一个什么样的事情了。那么，任何问题都能化沉重为轻松，走向一个安全的出口。

男朋友的电话马上打进来，"怎么了啊，你在哪里？"

"对不起。"我的眼泪突然流了下来，"对不起，你不要怪我。我刚才差点跟别人开房间了。"

"你在说什么啊，你不是一直和我在一起吗？"他说。

"对不起。"我泣不成声，鼻涕也流下来了，"你不要生我的气，我已经逃出来了，刚才我好无助。"

男朋友又问了几遍我在哪里。"求求你不要问了。"我近乎哀求地对他说，

“可不可以像平时一样就在电话里跟我聊聊天，什么也别问，只是聊聊天？”

他没有说话，过了很久，他轻叹一口气：“那好吧，我陪你聊聊天。”

男朋友像往常一样，在电话里吻我，拥抱我，和我亲热，是我熟悉得不能再熟悉的汗湿的手指、滚烫的嘴唇和胸膛。感觉到那个真正的男朋友又回来了，我慢慢恢复了平静，破涕为笑。

不知过了多久，我醒了过来，才发现自己就这样坐在马桶上握着手机睡了过去。手机上有一条微信，是男朋友发来的：“飞机要起飞了，你回家好好休息。”

“你还会一直陪着我吗？”我问。
“会的，我一直在这里。”他说，“你打开手机就能看见。”

候鸟/卤猫

# 不 再 让 你 孤 单

文 / 咸贵人 青年作者 @咸贵人

完了，迟到了。一睁眼九点，我抓起桌上的杯子在凉水管上直接接了一杯水灌进肚里——早上一杯水清肠防止便秘，大钟教的。对了，今天大钟结婚。5月20日，真是好日子。扎堆儿一样，酒店都要贵几倍，但人说了，结婚这事儿，马虎不得。我抓起桌上的红包朝他家奔去。

到的时候婚车已经准备出发了。我连连道歉，大钟穿得人模狗样，拍着我的脑门儿对我嚷嚷，说还好没让我当伴娘，否则坏了他的人生大事。呵呵，我说你滚吧，我当伴娘这么漂亮，不得把你亲媳妇气死。大钟来不及回嘴就被三姑六婆抓走了。太惨，从此以后又多了一批人问东问西。我朝他摇了摇头，大钟给了我一个中指。我摸摸怀里厚厚的红包，寻思着要么不给了，反正他也不会问我要，想想不行，有点缺德，还是换成一堆报纸吧。

大钟是我的发小，初中的时候我突飞猛进地长到了一米七五，从此酷到没朋友。和我称兄道弟的他直到高中才勉勉强强长到一米七八，并停滞于此，至今未变。所以有很长一段时间，一直都是我罩他。

大钟高中开始早恋，单恋。对方是文科班的班花水杉，也是校花。水杉偏偏和我关系好，因此大钟对我十分感激，认为自己近水楼台先得月。可惜水杉那时候从没用正眼瞧过他。谁让他学习那么差。哦，我也差。

那时候流行写信，每天自习我都陪着大钟写情书。直男脑子不行，写出来的句子不是肉麻到让人作呕，就是根本不知所云。所以这事儿自然交给了我，大钟就负责跑腿给我买零食。那个夏天真是幸福，全世界的冰激凌不论五毛还是天价，我都吃了个遍。吃完写完，大钟抄写一遍，第二天我放到水杉抽屉里的信海中。人家收了，不知看没看，反正从没回。

哎，你傻站那干吗！赶紧上车接新娘！都几点了来不及了！大钟朝我喊叫几句，我猫腰钻进了他的迎亲大队伍里。抬头看到了车上挂的香水瓶，味道真是庸俗，一股子的甜腻，就像兜头泼了一盆花瓣浓缩精。

高中的时候喜欢一个人，就跟这香水一样浓墨重彩，觉得即便天崩地裂也可以为她做任何事情。大钟也是，他见缝插针，水杉渴了就光速去买饮料，冷了就立马脱外套，热了就跟学校申请要买空调，因主张奢华带坏风气差点被叫了家长。
那时候水杉一心考北大，我心想这瞎了，大钟复读一百遍也考不上。

车子向前行，走走停停，竟然堵在了三环上。大钟坐在头车里给我打电话，说全怪我迟到，万一破坏了他的终身幸福跟我没完。我说你跟我说个屁，谁让你等我，没有我新娘子娶不到了？他说你这不是废话吗，不是说好要做彼此一辈子的天使吗？我直接挂了。有病。

高三那年水杉成绩一路领先，全校师生都看好她。没人认为她考不上北大。大钟就蔫了，明恋三年，殷勤献尽，屁用没有。离高考还有一个月，我们三人行，水杉一眼都不看我俩，一路高冷默念英语作文，走到车棚发现自行车座上被人用马克笔写了三个大字：考不上。
我们面面相觑了几分钟，大钟走上去用手把三个字抹掉了。抹了好几次，终于掉光了。水杉看了一眼，推着车子走了。
第二天，又出现了，依旧是三个字：考不上。红色的马克笔写在灰色的车座上格外明显。大钟没吭声，上去依旧抹掉。
第三天，又是。
第四天，重复。
第五天开始，大钟干脆不上晚自习了，蹲在车棚等着。实在饿得不行，去小卖部买了一包辣条，果不其然，一回来，就出现了三个字：考不上。
大钟气疯了，跑回教室嚷嚷着要搜每个人的身，查一下谁包里有笔就知道！我说他幼稚，谁杀完人还把刀放包里等着你。今天算了，明天继续蹲守吧。大钟怒气冲冲地抹掉了字，结果放学的晚上，又出现在了车座上。

三天后的市“一模”，水杉考砸了，直接跌出了年级前十，市前一百都没进去。大钟莫名其妙因祸得福，居然考了个第九。

揭榜那天，“考不上”三个大字依旧神出鬼没。水杉崩溃了，第一次看见她哭。校花连哭的时候都那么动人，楚楚可怜，让人一时看呆，不知如何安慰。
大钟默默地走了过去，一脚踹倒了水杉的车，说：这车不要了，从今天起，我送你。
大钟把自行车直接停在教室最后一排，紧挨着巨幅高考倒计时牌，跟班主任说自己得了强迫症，总幻想丢车，看不见车子做不了题，后来班头看着多辆车子也无所谓，就默许了。
从此以后，三人行变成了两辆车。大钟春风得意，像回到了90年代，骑着自己的大二八就能演甜蜜蜜。我骂他傻逼，把人家送进北大自己也考不上。大钟说无所谓，他不上北大，随便北京哪个学校都行，老骥伏枥，志在千里。

迎亲队伍磨磨唧唧开到了，一系列繁杂又弱智的规矩，折腾一番，大钟终于抱着新娘从楼里走出来，后面跟着庞大的伴娘团，好不傲娇。大钟喜气洋洋，一脸中了六合彩的模样，幸福得叫人想骂街。

哦，那年最后，水杉没有考上北大，我们一起进了北京××院，依旧是铿锵三人行。
不出意外地，大二的时候他俩牵了手。大钟约我出去喝酒，喝完了打台球，他赢了，买单的时候突然抱住我。我吓傻了。他说兄弟谢谢你，我结婚一定请你当伴郎！哦，伴娘！
他妈的，当年说话当放屁。

到酒店交了份子钱，婚宴就算开始了。一样俗套得无以复加，简直就是胡说八道，虚假煽情，无中生有，一个人和一只狗都能被这司仪说成天作之合。
我入座了亲友团，看到了水杉，俨然贵妇范儿。

是的，大钟娶的不是水杉。他们临毕业分手了。大钟凌晨喝醉，哭倒在马路中央，狂唱《半岛铁盒》：“为什么这样子，你看着我说你已经决定……”我说你醒醒，因为水杉现在的男朋友开法拉利。他说去他妈的法拉利，姓法的都不是好东西，跟法西斯一模一样。
其实也不全是水杉的错。大四课少了，我和大钟开始凑桌打网游，耽误了他和水杉一起泡图书馆的时间，但饭还是大钟每天按时帮她打好，我提到她宿舍的，因为水杉讨厌食堂人多拥挤油烟味满满。可女人最怕冷落，一丁点都不行。红杏为什么出墙？还不是墙那边阳光更多更温暖。
那个时候我俩打游戏打到水深火热，争斗心太强，霸服那天大钟简直乐疯了，截了图发给水杉看，才发现水杉怎么不上QQ了。跑去宿舍找她，得知她出去约会了。
大钟像当年蹲在车棚等待作恶者一样蹲在女生宿舍楼下一下午，看见水杉从富二代车上下来，彬彬有礼，觉得自己可能误会了。我拍拍他的肩，说没误会。你看那富二代的眼睛里，写满了暧昧。大钟说我去他妈的暧昧，那是老子的女朋友，嗖就冲了上去。男人啊，不在青春里打过架，怎能算爱过。富二代没还手，结结实实挨了一顿揍。捂着肚子猫着腰站在车旁，水杉上来啪地一巴掌，当然打在大钟脸上。从此四年单恋、两年相处正式掰面儿。

事情简单得不用复述。富二代细心体贴开法拉利，大钟穷酸屌丝只能按时去食堂买饭，还动手打人，该扇。被一巴掌扇醒，我俩发誓从此远离网游，再也不沾。他婚前一周我心血来潮去登陆，发现号都空了，早就有人继续霸服，新的等级又被拓宽，是无论怎样努力都回不去的辉煌时代了。

新郎新娘喝交杯酒了。水杉凑过来问我，还是一个人？
我含糊不清地“嗯”了一声。真是不敢承认，最后落下的人，果然是我。水杉说大钟好福气，新娘漂亮能干，还是北大毕业的。
我又含糊不清地“嗯”了一声。

毕业以后的时光太快了，三个人各奔东西，联系渐渐少了。大钟升职了，我俩出来喝顿酒，聊聊理想。大钟心动了，我俩出来密谋一场暗恋，说说爱情。大钟无聊了，我俩出来唱几首歌，吹吹房价。大钟失恋了，我俩坐在财富中心楼下的台阶上抽烟，我跟他说青春苦短女友勤换。他说我只会说心灵鸡汤。大钟想水杉了，我俩出来回忆回忆青春，我说一切都会过去，往事莫追，他说我还是只会讲心灵鸡汤。后来听说富二代和水杉掰了，大钟问我送什么能安抚一个女人受伤的心。我说玫瑰吧，送玫瑰总是没错的。大钟说不了，不是要追回，只是作为朋友的安抚。我说那送包吧，越贵越好。我挑了一个当季新款，发给大钟链接的同时也发给了我那时候的男朋友。大钟咬咬牙，真买了，还问我借了几千块钱，我那男朋友直接装没看见。

新郎新娘来敬酒，我特意没穿高跟鞋，大钟第一次伸手揉了揉我头发，说谢谢兄弟，给我包那么大一红包！我翻白眼。他说等你结婚，我给你包双倍！我说行吧，反正你嘴里吐不出象牙。

坐下继续喝。和水杉两人边回忆从前边举杯，简直就是粗陋的电影桥段。酒过三巡，两人都伴着音乐红了眼眶，水杉说这婚礼太煽情了，我说是啊是啊。水杉说其实大钟是个好人，还给我买包。我说是啊是啊，都没人给我买。水杉说其实我也能上北大，还不是你们两个智障学习太差，车座后面的“考不上”是我自己写的啊，我说是啊是啊，是啥？！
水杉说她压力太大了，全世界都觉得她能考北大，其实她想和大钟好，大钟那年的每封信后面都写着“我不再让你孤单”，有了他以后她真的不孤单了，她就是想给自己找个借口，自行车后座比法拉利踏实，摔了不怕疼。我傻了，问她那为啥红杏出墙就去坐法拉利了。她说不是出墙，是自卫。我笑着哈哈哈，说自慰是靠自己不是其他男人。她居然没生气，跟我说，法拉利不是纯富二代。我说那是混血？她说滚，其实是她叔叔的侄子，她叔叔不是她亲叔叔，是她爸围墙里的领导，她爸扳正一生鸡肋副职就靠这个叔叔。她叔叔要两人相处看看，她已经找准了机会婉拒了，结果被大钟冲上来搅和了，她不上去来一巴掌，那她爸这辈子要当鸡肋了。我说这真够惊心动魄的啊，你演《甄嬛传》呢。水杉又喝了一杯，劝我也喝了一杯，然后一字一顿地说：我，不，再，让，你，孤，单。这七个字，其实是你写给大钟的吧。

我可能是喝多了，一下站起来。早上到现在啥也没吃，有点低血糖，两眼发黑，又坐了回去。
那信都是我写的啊，我怎么会不知道。我说这七个字最能打动女孩儿，你就像我这样写，总有一天水杉会被你写软了。我说你知道一个人在世界上有多孤单吗？什么情啊爱啊都是扯淡。爱是什么，是陪伴啊，你不让她孤单就是陪着她，就是守候她。我说是个人都怕孤单，你不让她孤单，就是最好的诠释方法。人为什么需要理解需要感同身受需要包容需要体贴？就是怕孤单。我说反正你这么写，就对了。
路遥远，我们一起走。

大钟和新娘又换了一套礼服，他一米七八，我一米七五。我站起来几乎与他平视，他牵着新娘的手奔走在宴席之间，我站在和他相隔的几桌之外，泪流满面。

路遥远，我陪着你走，走到终点。你牵着别人的手继续走，不回头。

我功成身退。

水杉喝多了，站起来准备退席。我说我们一起走吧，你带我一段，送我回家，我可能需要睡一场，好久没起来这么早了。
坐上车，水杉说，你这场暗恋瞒得还真是海枯石烂。我说你别废话，长得漂亮的女人就是会骗人，原来你他妈都知道。
水杉说，我不知道。这都是大钟告诉我的。我扭头，水杉按了车载音箱，一首煽情的歌开始唱：我不再让你孤单，一起走到地老天荒。

地老天荒了，你他妈跟谁地老天荒去了？

水杉说大钟送包的时候他们见了一面。大钟说为了安慰你，送你一个贵礼物，但我想换回我给你的所有信。水杉说扔了。大钟说我知道你没有。水杉问为什么，我们是否可以重新开始。大钟说不行了，因为那些信都是她写的（她是指我），这包也是她借给我钱买的。那年在车棚等那个偷写贼，她一直帮我盯着，都看见了，是你自己写的，她跟我说这是你故意给我的机会。我把自行车搬进教室也是她给我出的主意，老师是她去搞定的。考大学时她偷看了你的志愿书，你难道不知道？

哦，后来的事情我都知道了。大钟拿着我的钱买了包以后我就彻底绝望了，回头去谈我那不咸不淡的恋爱，最后理所应当地无疾而终。大钟在那个时候认识了新娘，他们今天结婚了。

我也喝得有点多，打开车门吐了一地，什么也没吃，红酒喝进去又吐出来，居然还是红色的。水杉说你下车自己打车吧，我也打车。喝多了开什么车，不想活了吧？我可不想孤孤单单去死。我下车好不容易站稳，朝酒店望去，依然热闹，大钟穿梭在人群中，看不清楚。水杉打开后备厢，说有个东西大钟让我转交给你。

我拿着一个箱子，颤颤巍巍上了出租车。在车上我酒醒了大半，坐在后座拆箱子，打开以后看到了那个包。包里装着那些年大钟写给水杉的信，一整摞，用一个封条缠着，封条上面是大钟歪七扭八的字迹。

“听别人说，结了婚还能一起混的才是真朋友。谢谢你，这些信我送错了人，但这些年我并不孤单。”

窗外/虹鹿夜雨

# 薄　荷

文 / 邓安庆　作家　@浮尘录

那时候喜欢她的感觉，怎么说呢，轻轻淡淡的。她坐在教室里一点儿都不显眼，常常坐的是第五排第四个位子，前三个位子是她的室友。上课前她们围在一起说话，窸窸窣窣，像撒在泥地上的小白米粒。

轮到她说话时，嘴角浅浅的酒窝就露出来，声音小小的，说着说着嘴角一抿，拿眼去认真地看搭话的人；听到一半时，她的眼神会有些飘忽，嘴角依旧有微茫的笑痕。上课时，语言学、古代文学、现代文学、戏剧研究，无论什么课程，她都一字一字在笔记本上抄写老师的讲话，老师提问的时候，却从来不会举手回答。其他被叫起来的同学回答时，她把中性笔搁在笔记本边上，眼睛扫向窗外，齐耳的发梢被天花板上的风扇吹得一闪一闪，她拢拢头发，又拿起笔来做笔记。

而我热爱回答问题，老师的提问一落下，我就举起手。后来同学们养成了习惯，只要老师一提问，他们都会转头看我。次数多了，我有些发窘，担心自己这样太爱出风头了。

有一次是古代文学课，老师问孟浩然在襄阳写了哪些诗，教室里一阵翻书声，我知道答案，但我把手扣在桌子上，就是不举起来。这时候，教室陷入一阵尴尬的沉默之中。老师习惯了我举手，我忽然这样，他也略显尴尬。有同学拿笔捅我："你快举手啊！这问题只有你能回答啊。"我低头看自己的笔记，心里很矛盾，既想回答又有些来气：为什么他们就不能回答一下呢？"童玲，你来回答一下。"老师从花名册里随手点了一个名字，我抬头看去，她在位置上微微一愣，边上室友推了一下她："是叫你呢！"她这才慌忙站起来，手中紧拿着中性笔："嗯，这个，呃……"另一只手频频拢头发，脸上一点点泛起了红晕。见此，我立马举起手来，老师像是得了救一般，对童玲说："好，你先坐下。这位同学你来回答一下。"童玲向我看了一眼，坐下了。

上晚自习时，我坐在后面看从图书馆借来的小说，她跟她的室友们远远在前排看英语四级题。她穿淡青色薄外套，耳朵边新戴一个粉绿发卡。看到中途累了，我去教学楼外面的跑道上散步。我们的大学在山谷中，月亮停在教学楼后的山梁上，风吹来山间松林隐隐的浩荡声。

一个人在外面走，不免有些萧索之气。正抬头去看天上几片薄薄的云，她的声音过来了："你在看什么？"我转身看她，就站在我的后面。我指着天空看："你看那云朵多好看。"她笑吟吟地看看我，又看看天："嗯，是好看。"一时无话，我便找话说："你是准备回宿舍吗？"她说："没有。我打算去超市买个笔记本。你要不要陪我去？"

超市在老校区，沿着山脚的路走，山上清脆充耳的虫鸣声，路对面湖畔情侣的嬉笑声，还有自行车从身边骑过的叮当声，在我们的周遭响起。她走在我的右手边，不声不响，我也一时找不出话来说。

"谢谢你啊。"她忽然抬头说了一句。我摇摇手说："没什么，反正我也要散步。"她笑笑说："我不是说这个，我是说上课回答问题的事情。"我说："那有什么？本来就是很简单的问题。"她顿了一下："是啊，我都不会。"我这才发现自己说错了话，忙着解释："别误会啊，我没有那个意思。"她这次笑得肩膀都抖动起来，"你太认真了。"见她没有生气，我便放下心来。她个子比我矮，大概到我肩膀高吧，她一低头，我能看到她细细的脖颈露在路灯的灯光下，蓦地让人起了一阵怜惜之情，很想伸手过去把她拉到自己的怀里来。我被这些纷乱的想法扰得分心，以至于她的问话我听得不清楚。"我是说你是怎么知道这么多作家的？"她重复了一遍她的问题，"我觉得你很厉害，老师都在夸你知识面广呢。"被她这一夸，我感觉脸都在发烫。

回宿舍后躺在床上，我一直在想她。熄灯后，室友们照例要聊一会儿，说到班上的女生，总是围绕那几个长得漂亮的，没有人提到童玲。也许在室友们的眼中，童玲既不漂亮也无鲜明性格，完全可以忽略不计。这让我很放心，没有人说起她的任何好，当然也没有人说起她的任何不好。

她淡淡地在众多女生中间，像是一缕薄荷的气息，唯有我才能捕捉到吧。同时我又觉得那种怜惜的感觉愈发强烈了。我很想知道她更多的一些消息。可是我怎么好开口去问其他人呢？我常常在路上碰到她，她英语四级考过了，又要考计算机二级，她跟她的室友们手挽手往校外财校的计算机培训班走，见我笑一笑点点头，我也忙着笑一笑点点头，再无机会多说一句话。教室的晚自习她也不去了，她肯定是在机房做习题。我在教室看书，再看看前面她常坐的位子，已经是其他的女孩在坐着了。

有打算考研的同学在学校附近的村子里租了个房子，邀请我过去一起包饺子吃。我买了些水果带过去时，那房子里已经坐满了我们班上打算考研的人，我一眼就看到了她。她是要考研的，这我知道，专业是语言学，准备报考的大学是个名牌大学，很难考。她的英语六级也过了，计算机二级也过了。她从进大学起就想得很清楚。不像我，不愿意考这些证件，只想胡乱地看书。

那一刻我突然有些后悔：如果我也像她一样，也报考这些培训班，没准就能跟她在一起多一点儿时间。大家把桌子抬到院子里，和面的和面，擀面皮的擀面皮，剁馅儿的剁馅儿，我和她负责包饺子。
饺子实在难包，我包了几个馅儿都露了出来，她那边已经把包好的饺子整整齐齐放在锅盖上了。她忽然凑了过来，脸离我特别近，我吓了一跳，微微往边上躲了躲。

她没有察觉到，手拿着我包的饺子看了看说：“你包得不对，我来教你。”我小心地凑过去，眼睛余光中有她的脸庞，能闻到她身上若有若无的香味，她小小的鼻头上沾了面粉，我几乎要抬起手来去帮她抹掉，但是没有。我的心跳得很厉害，很担心她能听到，身子又往后让了让。“好，就是这样的，你学会了没？”她的脸一下子离得远了，她的眼睛看着我，我忙着点头，她又淡淡一笑，继续包她的饺子。虽然教了一遍，我还是完全不会。她拿起一块饺子皮，让我再看着。她手指灵巧地捏起饺子皮，手指甲上涂着粉红色的指甲油，我学着她包了一个，果然像回事儿。她点点头：“你还是蛮聪明的嘛。”我笑着回敬一句：“还是师父会教。”

饺子下锅煮了，等着也是等着，大家坐在院子里聊天。秋日的阳光晒在头上，暖意融融的。屋后泡桐树上，几只鸟啾啾地叫个不停。郁色山岭上空，卧着丰盛的白云。

她坐在一群女同学中间，眯着眼睛听人家说话，嘴角微微翘起，含着一丝似有似无的笑意。大概是感觉到我在看她，她冲我笑笑，又去看说话的人。我的心一阵乱跳，不知道她这一笑有无特殊的含义。说话的人忽然问她：“你男朋友在师大怎么样了？你不是要考到他那里去吗？”她皱起眉头说：“我也说不清楚，他那边一直说帮我联系老师的。”说话的人点点头说：“最好能把师大的教材和笔记都借过来。”我已经不大听得进去她后来是怎么回应的了。饺子熟了，大家纷纷拿起碗吃起来。我慢慢地吃碗里的饺子，十分烫嘴，只能一点点地啃。她坐在靠门的位置，噘起嘴巴吹滚烫的面汤，脸罩在热气之中，一时间看不清表情。

大四上半学期的课程，她几乎没来上课，一心在考研教室备考。有时候能在食堂碰到她，她拿着搪瓷碗一边扒饭一边看考研英语词汇。我从她身后默默走过，不敢去打扰她。每次打水时，都能见到她的开水瓶放在开水房外面，瓶身上用涂改液写着她姓名拼音的首字母：“TL”。想这些做什么呢？很多次我想也许我该庆幸自己没有向她表白什么，这样我们都不会尴尬。

她在我心中淡淡地像是空气一样盘旋着，并不会让我难受，只是有一些怅然而已。考研结束后，宿舍的室友们终于第一次提到了童玲，那是也在考研的室友说的：“童玲的初试没过。”就这么一句，大家没有再次停留多说几句，又说起其他没有考过的同学。我躺在床上，忽然很想立马起床去找她，要不给她打个电话也好，但我知道这是徒劳的。我能跟她说什么呢？

考研的日子一过，很快我们都要大学毕业了，找工作的忙着找工作，考研过初试的人忙着备考复试。但每次校园招聘会上我都没有见到童玲，她像是消失了一般。碰到她室友，装着漫不经心地问起，回答我说是去她男朋友的学校了。我想也许我再也见不到她了吧。

六月份到了，毕业前一周，班上组织去校外的酒楼吃散伙饭。那时候我已经在一家广告公司找了一份广告文案的工作，晚上下班赶过去，大家已经开吃了。菜都没怎么吃，都抢着敬酒。

喝完之后，还没有说几句话，都哭成一团。一想到这些同学，马上都要各奔东西，我自己的眼泪也禁不住涌了上来。转头去看其他桌上的同学时，我看见坐在室友中间的童玲。她头发留长了，披在肩头，脸变得瘦而尖。她把头靠在她室友的肩头，脸上红彤彤的，泪珠从脸庞上滑落，也不拿手去擦，任凭它滑到下巴处。我心里忽然起了一阵猛烈的痛楚感。很快有同学来抱着我说各自珍重的话，我一个劲儿地点头，不敢再去看她那边。

喝完酒，我们在校园里踉跄着脚步，大声地唱歌，没有老师来干涉我们。天上繁星像是煮沸了一般，直往我眼睛里钻。我吐了几次，又一次走在路上。风里有树木的清香，我大口地呼吸着。把女同学们送到女生宿舍，我们不再像往日那么矜持，男女同学互相拥抱。我抱起了很多女同学，她们又一次哭起来。

等到和童玲拥抱时，她抬头看我，还是似有似无的微笑，我把她狠狠地拥到我怀里来，手臂环抱她瘦弱的肩膀。她的身子是热的，还有酒气。她的手在我肩头拍了拍："记得以后常联系哦。"我说："嗯。"我松开了手，又问了一句："你找好工作了吗？"她笑笑说："我准备再考一年。"我点点头："肯定能行的。"她说"谢谢"。我还想多说些什么，她的眼睛已经移向了下一个男生，和他相互抱了抱，同样说了一声："记得以后常联系哦。"手在他的肩头拍了拍。

一个人的星期六/Linali

# 赵　小　姐　与　人　民　币

文 / 鲁敏　作家　@作家鲁敏

她年纪不算太轻了，已婚有子，但猛一瞅，尤其打后边，还行。她不会喜欢被叫做女士，我们就称她为赵小姐吧。

赵小姐每周要逛两三次奢侈品店。她对各大品牌的新款老款、不新不老的款，全都了然于胸，包括色系、品质、设计概念、流行元素等。她热心索取新品推广手册与品牌海报，填写会员卡与客户征询函等。这导致她拥有了相当出色的辨识力，看明星剧照或路人甲自拍，眼神随便一瞄，她就看出手上脖子里是什么品牌什么主题的哪一款限量版，或者，高仿货而已。不少女孩子有这方面的能力，但真要论起准确程度和反应速度上，赵小姐绝对是顶尖的。

赵小姐向来只看不买。她就是欣赏、研究、识记，偶尔也试穿试戴短暂意淫一番，最终两手空空地回去，该淘宝淘宝，该洗衣洗衣，该拖地拖地。最多她会跟人谈谈价格。

"尚尼厨具，意大利的，一只最小尺寸的平底锅，煎鸡蛋的，就这么大！多少钱？"她伸出手来比画，一边愉快地怂恿，"往贵里猜！"

老公垂着眼皮玩手机，随随便便地说："一千五。"

"翻一个跟头，三千二百块！"赵小姐喘着气叫，像拍卖场上的竞拍师似的，胜利地一拍桌子，"这还是会员价。不过，那只煎蛋锅确实亮得不得了，谁要是买上了，恐怕就不用买镜子了。可是，煎鸡蛋犯得着这么亮吗？光买这锅的钱都够买多少鸡蛋了！再说，天天起油锅煎，它最后还会这么亮吗？要是不亮了那它跟普通铁锅又有什么区别？”她快活地饶舌，撇着嘴做鬼脸。

“奈良美智有一款‘梦游狗’，装上电池就会原地转圈，那才叫吓人呢！猜！”

“一百万。”明显不耐烦了。

赵小姐不理会，她丢下这只狗，讲起别的，并且换一种方式，以物易物。比如，意大利手工皮鞋，“一双就能买一平米的房！”比如，迪奥的手工绣花披肩，捏起来只有半把，“够买一百件羽绒衣！”某款情人节香水，“那只小瓶子，我绝对一口就能喝光，好嘛，三千九百块，够我家几年的水费了。”赵小姐喜欢这种强烈对比式的幽默，说到这里，她嘿嘿笑起来。

老公瞅个空儿，突然站起来，急促地跑到卫生间，关上门，坐到马桶上继续刷手机。

不要误会。

其实上述那些玩意儿赵小姐都买得起，人家只是不喜欢花钱而已，用南京话来说，叫“啬皮勾儿”。任何情况下，赵小姐都在刻意地捉襟见肘：变形的内衣。缝补多次的袜子。卷毛的牙刷。手机是最低级的套餐。只有蹭网才上网。从不请客。几乎不打车。不进电影院，除非有人请。感冒靠喝水和睡。旅游靠做梦。超市里购物一定找“棒！减！惠！”的红色标记。等等吧。全世界人民能想到的抠钱花招，她这儿都在长期实践，像最好最使劲的榨汁机。

钱榨下来，就存。先放余额宝，然后转定期，转理财，偶尔也买一些黄金——她颇周到地想着，万一哪天情势有变，金子不是可以一拿就跑嘛。有钱人都要做好两手准备的。

赵小姐最爱银行了。那里面有一种古典感的纯粹气氛，银行职员如西服笔挺的小机器人，带着那种专业性的厌倦，斜着眼睛，动作规范而微小。他们把钱用小白纸条扎得紧紧的，再以建筑工人码砖头的手势，一摞摞地排紧。视若无物的超脱和稳当，让人由衷地感到：到了银行，人民币才真正找到归宿了。银行就是人民币的家、子宫、休息睡觉的床。你说说，钱，不放在银行，它们能放在哪儿呢？

有时她也拿个号排队玩儿。银行的电子排队系统既高级又迂腐，好不容易轮上的人都跟探监似的，在窗口跟营业员情意绵绵难舍难分。常有人因此急火攻心，借题大发牢骚，咒骂银行业、垄断业直至各行各业与贪官污吏。赵小姐耐心可好了，一点不急，她端正地坐在金属靠椅上，享受着那一声声的“叮咚，叮咚，第×××号请到×号窗口办理业务”。真正轮到赵小姐时，她常把号码条子直接让给身边的人：“我不要用，给你！”对方惊愕地道谢，怕她反悔似的跳起来就走。她有时也自己用，一本正经地递上小号条和身份证：“查下余额——你不要报出声音来。”里面的职员认出来又是她，“啪啪啪”在键盘上敲一阵，沉默地递出来一串数字。赵小姐接过纸条，飞快瞥一眼那串早已熟记在心的数字，然后迅速把条子撕得粉碎。

闲来无事，赵小姐就会想想她那串数字，带着淡淡的抑郁与紧迫感，以及随之而来的、更加纯粹地为之奉献的愿望。她在内心宣誓，像忠贞的恋人：会的，她会绵延不绝地省下更多的钱去喂肥她那串数字，如同饲养一头貔貅。貔貅是何物？龙之九子，金玉珍宝为食，只进不出——赵小姐爱极了它这脾性，它是赵小姐的宠物。

由于这串数字，赵小姐内心里也有些小狂妄、小感慨。她猜想自己的存款数目可能比对门的邻居多，比隔壁办公室的王小姐多，扩大开来算，大约要比三分之一的中国人都多，最起码比那些整天大手大脚、吃喝玩乐的人多。现在有些人，没胖就喘，有五分钱他敢花一毛……不，赵小姐打住这肤浅的攀比。钱，是不应当以多寡来看待的，就像不应当以胖瘦来看一个人，以厚薄来看一本书。人民币，它不只是一个货币单位，它是有生命与灵魂的，那么地饱经风霜，又保持着日新月异的现代性。它与每个人都有着深入骨髓、富有个性的关系，并决定了其生活方式与喜哀枯荣。而所有这些汇合在一起，就构成了这整个世界。

只是，放眼看去，身边绝大多数人，他们根本不懂得人民币的真正价值，他们只会用同一种浅薄的方式来对待钱：花它，花它，花光它！大街上，馆子里，酒店里，流金淌银；哔、哔、哔，刷卡机都要起火了。人们用它去换取喜欢的东西：女人、婴儿、枪、别墅、游艇、阳光，或者臭脚、情话、伤疤、鲜血、精液。世界上所有的东西都有人喜爱，但就是没有人喜爱“钱”本身，更要命的人人都宣称爱它，没有它万万不行。这真的有点悲哀，不是吗？

但赵小姐，真的就是爱人民币本身，非常纯粹地崇拜着。她不愿意也不舍得让钱去吃喝拉撒，去喧嚣，去粗俗。赵小姐常常不能够体会人们花钱时的那种快活劲儿——这种不理解，跟性冷淡有点像吧，干巴巴的，过程短促无趣，事后无比空虚，更有一种夹着背叛与内疚的复杂自责。当然，这只是一个比喻，赵小姐是否性冷淡，此处暂不涉及。
不过呢，世事如此，赵小姐的荷包不可能真的是只进不出的宠物貔貅。

生活里总有那些大山压顶、硬邦邦的时刻，人民币如箭在弦上，必须眼睛眨也不眨地射出去。赵小姐对此十分清楚，像清楚人必有一死一样，可以说，她几乎一直在等着那些“花大钱”、“花硬钱”的时刻。“时刻准备着，时刻准备着”，就像少年先锋队队歌的歌词一样。

比如，赵小姐有儿子，总要培养吧，总要另辟蹊径吧。她给儿子学了冰球。学冰球什么概念，那一套装备又是什么概念，学成之后又是什么概念，讲出来就吓人了。但赵小姐有这个气魄，这钱肯定要花的。教育投资这种事情，向来是没有底的。还有人家替孩子“一对一”八小时名师特聘的，还有出国读高中妈妈陪读的，还有小小年纪就考飞行执照的，还有捐几百万然后换一个入学名额的——东西南北比一比，越听就越超脱，儿子学个冰球算什么呢？人民币不就是用来让小人民成长为大人民的吗？

还有亲戚。赵小姐老家是蚌埠，安徽人好像很喜欢到南京来找工作，只要到了南京，命运就会像砖头一般翻个儿。这可能有点道理，赵小姐当初就是这样过来的。现在，轮到她姐姐的儿子。家乡人的理解中，哪怕就是南京街头的一只破石礅，都能跟新街口的孙中山铜像扯上关系，找份工作什么的就更不在话下了。赵小姐理解并尊重这种逻辑。她脸色严正，不推不诿，接下了亲外甥这事，并打定主意要办成。同上文之理，人民币不就是用来改变人民的命运的吗？她像哲学家一样地微笑了。

还有父母，赵小姐乡下有父母，男朋友那边也一样。有些人好运气，父母是取之不尽的存钱罐；他们的不是，是四颗不定时炸弹，总会有事情，这个开刀要十二万，那个盖房子要五万，再一个被骗了四万。等等吧。炸一次就是一个洞，就需要把人民币当作沙包，去堆、去填、去堵。人民币不就是用来救死扶伤、养老送终的吗？事情就是这样的，事情总是这样的。

跟蚂蚁衔着米粒般的存钱不大一样，来如抽丝，去如山倒，钱要跑起来那可真是快，尤其从网银上，无声无息、蛇一样地，变成学费、医药费、中介费、红包、好处费、上当受骗费，进入别的什么地方、什么人的腰包。对这种花大钱的“重要时刻”，赵小姐很重视，带着仪式感地，她会精心涂口红。她会想到小时候过年，堂屋里供奉的大鱼，鱼身上会贴一小片红纸。据古文老师说，这些供奉给土地爷、河妖、财神爷的鱼、羊、猪等，叫“牺牲”。赵小姐对此一直记得很清楚，并且总是联想到，她放在银行里的、一天天喂肥的那只貔貅，可不就是“牺牲”吗？好不容易白了肥了，“啊呜”一口，就让妖怪给吃了。

赵小姐并不伤感，甚至还有点甜丝丝地想着这些，似乎她与人民币之间这才有了投桃报李、因果相依的感觉。好呢。她好像看到她的人民币们，一张、两张、三张，一千、两千、三千，一万、两万、三万，如成群结队的飞鱼，从黑暗的大海深处升起，铺天盖地、争先恐后地急速攀升，一直飞越到天空的高度，像霓虹那样闪亮而瑰丽，形成极其壮阔的风景。赵小姐仰着头，手忙脚乱地点数着，鼻翼翕动，嘴巴一开一合，心尖儿上既痒又麻，五脏六腑麻木而抽动——嗬，赵小姐突然夹紧双腿：来了，有了，灼热与紧绷感。真的，这百分百就是高潮。太好了，老天哪，这就是人民币带给她的伟大高潮、亲亲爱爱的人民币啊！

再另外补充两桩小事。

第一桩：

赵小姐前几天起了个大早，跟小区里两位老太太一起，坐头趟早班车到附近的清凉山公园去。

干什么呢？不为别的，就为公园里有一片高大的栗子树林。最近栗子熟了，开始往下掉了。多可惜呀，如果没人理会的话，它们就会烂掉，被完全地浪费了。要知道，栗子是很健康的食物，收拾好了可以烧肉，也可做栗子稀饭。如果真花钱买的话，还是蛮贵的，尤其是野生的，根本买不到的……这是老太太们闲扯的话，不知为何，赵小姐听了心中一动，主动提出跟那两位老太太去捡栗子。

清晨的公园有着世外桃源般的缥缈感，空气湿乎乎的，另有些半老不老的人，各自从不同的地方赶到公园来，心照不宣地往栗子树林那边去。大家既不谦让，也不争抢，默契地分散开来，形成各自的区域，像一群被临时雇佣的劳力，专心捡拾昨夜掉下来的毛栗子。毛栗子的颜色非常接近深秋的大地，它们散落在草丛里，很难找，外壳也有些扎手。赵小姐猫着腰、弯着腿，像大蜘蛛一样，扭转着四肢往各个方向挪动着，还要不时抬头往上看看，尽可能地对准栗子树杈。

这样的捡拾动作很累人，不一会儿，就浑身发热、直喘气了。好在林子也不算特别大，大致捡过一遍，大家便到石头凳子上坐下来休息，并继续等——因为栗子还会往下掉，这正是它的成熟季节，它总是控制不住地随随便便地就往下掉。有时一阵风过或野鸟掠过，会一连串地四处落下许多，也有时整片树林半晌都没任何动静，安静得像墓地。赵小姐和那些陌生的老人，在晨光里各自坐着等待。有人相互掂掂小口袋，比较各自的收获：假如按照时价到市场上买的话，这得花多少钱。他们琐碎而严谨地讨论，有人提出要去掉外面的毛壳，算净重才准确。

赵小姐其实也不大爱吃栗子，但这样地度过早晨，等着天上掉下不花钱的野毛栗子，她感到挺有意思的。她晓得，就在她呆呆地等着野毛栗子落下的时刻，更多的人在等车、等人、等股市、等行情、等合同、等方案，等着几十亿几十亿的人民币去发生汹涌的山崩地裂般的变易与流通。这样一想，赵小姐更感到有意思了。

第二桩：

邻居的狗出了意外，死了。因为跟这户人家熟识，赵小姐便上门去看望。

主人在悲痛中接待了她，并带着她参观了狗生前所住的小窝、冬天穿过的小衣服、平常玩过的球、吃到一半的狗粮、新买的未及启用的狗项圈。拿起一瓶狗的专用沐浴露，主人扭开盖子闻一闻，泪如雨下：我又闻到它的味儿了。主人还给赵小姐展示了一件黑色羊绒大衣，上面沾满了狗毛。主人说，这件衣服她不会拿去干洗，也不会再穿了，这样可以一直保留着狗狗的毛。

赵小姐也喜欢那条狗，陪着掉了不少眼泪。眼泪更引发了主人的伤感，并对小狗的往事反复追溯：当初花多少钱买来，这些年它受过的培训。从国产到澳洲到欧洲前后给它换过几种狗粮。它对猪肝、鸭腿和某家酒店外卖肉包的特别爱好。它折腾过多少鞋子、沙发、皮衣。它闯过什么祸、玩坏什么东西。它每年要打的防疫针、生过的几次大病以及如何艰难地治愈。带狗一同外出旅行、坐飞机多么麻烦，等等。一路谈下来，足足谈了有四十五分钟。

赵小姐一直点头，并下意识地在大脑里默默算了一笔账：这条不幸离去的狗，短短五年的一生，它身上的各种耗费有十万块之多，平均每月近两千块。赵小姐有些不得体地联想到她自己，她也曾替自己算过账，她每一个月在这个世界上的消耗，包括水、电、气、食物、衣服折旧、交通费、通信费等，所有的加在一块儿，大约六百块左右。还不如一只狗呢。

并没有别的意思。赵小姐喜欢这只狗，她刚刚还为它掉过眼泪，同时她也觉得那些花费对那只可爱聪明的狗来说很是合理。她只是碰巧这么算了一下、这么比了一下而已。

赵小姐从邻居家回来，走得很慢，感到有点疲劳。回到家，坐到沙发上，天色暗了，可她不愿意开灯。过了一会儿，赵小姐突然动作幅度很大地，从她的票夹里抽出一张百元大钞来，上面有毛泽东的肖像，她盯着瞧了会儿，犹犹豫豫地换成五十，稍后，又换成了最小面值的五块。临了要动手，她生起自己的气，又重新打开票夹，虎着脸换成了二十。

她决定了，要撕一张人、民、币。

捏着这张面值为二十块的纸币，赵小姐有点激动，手指都有点僵，像要打一个人的耳光，而这个人是她最最心疼、从开始疼爱到现在的人。既然决定打了，手都挥起来了，就打吧。

嗤啦。再嗤啦。又嗤啦。赵小姐一共撕了三下，把这张二十元的人民币撕成了一把不太碎的碎片。

她把碎片扔在沙发左边，离她坐的地方有一条手臂那么长的距离。赵小姐是轻轻扔在那儿的。然后生硬地扭开脸去，使它们在视线之外。她一动不动地坐着，考虑起晚饭以及明天的早饭和中饭分别吃些什么。

她脑子转得有点慢，她模模糊糊地知道，过不了一会儿，她就会蹲到沙发前，就着将暗未暗的光线，仔细而平静地粘好那张人民币。

午后飞机/ChenQu

# 小　妹

文 / 许耀方　青年作者　@许老师一点都不酷

0

今天写写我妹，许诺。

她不曾出现在我的任何一篇文章里，但与我相熟的朋友都知道这个孽障。她对于我的意义，便是使我排除了YY小说里任何关于乱伦诱惑的干扰，无忧无虑地度过了健康的青春期。

说实话，如果你也有个小你两岁，打光着屁股就开始拖着鼻涕抢玩具争宠夺爱，打翻醋坛子互相挤兑，撕烂了脸从床上打到地上再滚下楼梯磕破了脑袋，被她掐哭，被她告刁状，被她举报揭发我早恋，被她搞各种大新闻，然后终于熬到她青春期，出落得亭亭玉立肤如凝脂的时候，你也会像我一样，满眼都是她熊孩子时的影子。

父亲是公务员，小妹是以父亲一己之力，不，是合我妈二人之力偷着生的。户口找人落的，从小学到初中高中，一直到她上了大学，终于尘埃落定。

爸妈给她取了一个美丽温柔的名字，可她如今还没学会温柔。

在青春期猝不及防的某一瞬间，我突然发现她——自己的妹妹，还挺好看的。我当时便对她说，咱爹娘为了生你，已经用完了老子一生的运气。
她撇嘴无视我的自黑：“人丑多作怪。你丑你的独木桥，我美我的阳关道，关我什么事？”

我说："你妈的！"她运了一口气，我感觉不妙。
"妈——哥又说你坏话——"

脆生生的，亮晶晶的，我的小妹。

1
她和我上同一所小学，同一所初中，同一所高中，直到大学才分开。

从小到大，我们都不像。她在学校里轮滑跳舞，唱歌主持，我在台下摊开书写作业。她在光芒四射，我在默默无闻地做一颗石头。等她卸了那跟哪吒一样的妆，放下破音的话筒，我俩就一块儿回家。当然，大多数时间，我们还是默契地保持一段距离，她和她的小姐妹们走在前面，我和我的小伙伴们走在后面。甚至在十五岁之前，我一直没意识到妹妹的含义，也没有丝毫当哥哥的责任感和使命感。
只有出了成绩单的时候，爸爸就会敲着她的脑壳说：多跟你哥学学。你唱歌跳舞，爸妈不限制你，但是你要知道，你的主业是什么。第一，你要从思想上……

我一直很讨厌我爸在开会时的三三不断式，但是每当这时便非常享受。她低着头，趁爸喝水的时候，恶狠狠地瞪我一眼，我扮个鬼脸回敬她，心里在说：你不是牛逼吗？怎么也有今天啊？
回老家探亲时，在重男轻女思想严重的农村，她也能凭借甜美的嘴巴闯出一片天地。左一口"爷爷"，右一口"奶奶"，声音甜得让人耳根软。刹那间，她久治不愈的公主病瞬间痊愈，腿脚麻利得像是满血复活，择菜洗碗端茶倒水，唠嗑拉呱卖萌扮乖。长辈们纷纷赞不绝口：这妮儿真勤快，是个懂事的娃娃。
每每此时，我都黑着脸坐在角落里，活像被打入冷宫的嫔妃。我甚至能感觉到，爷爷奶奶更喜欢她这个孙女，而不是我这个孙儿。
最关键的是，在家里我们俩都是不做家务的，回去了之后她那个殷勤哟，真是酸死我了，看得我浑身汗毛竖立，甜腻的音调儿像白骨精一样阴阳怪气。每年两个假期都是我恶意爆棚的时期，我们会对几乎所有事情产生矛盾。抢淋浴，抢空调，抢电视，抢Wi-Fi，甚至抢马桶。
亲妹妹，不过是一个同住的讨厌鬼。

2
这平静的一切在我高三时改变了。那年她高一。

我们的高中绝对是一座怪兽育成所，拥有各种各样神秘的传统和高尚的宣言。遍地的术士和法师。
那时我才悲痛地顿悟，我这种只知道看文献的麻瓜并不能改变世界。

于是在高三，我联合另外几个悲痛的麻瓜，成立了我们的校园暴力集团。几战之后，拿下小老虎干翻中老虎，大老虎们也不愿意与我们刀兵相见，独虎不敌群狼。而这几年，我已经从看文献的呆瓜变成恶狗。
那年，许诺高一。

在一个月黑风高的夜晚，我正和兄弟们在学校对面的烧烤摊上喝酒，突然接到她的电话，电话那头传来乒乓的响声和咒骂声，一片嘈杂混乱。我当即买单启程，和小伙伴们杀回学校，七八个小伙伴们站成一个弧，我浑身酒气地搂着她，到各个班里一个个地揪人，一巴掌一巴掌地剁。据后来她讲，那是她第一次感觉我像她哥，那也是我第一次搂着她。
唯一不美好的是，第二天在公告栏上，贴出了我的严重警告处分。我俩正路过，我装作无所谓地嬉皮笑脸，从书包里掏出红色马克笔，写了个“阅”。
身边的她抢过我手中的笔，一笔一画地把她自己的名字落在下面——“许诺”。
她回头，笑得嫣然。
之后她就理所当然地跟着我们鬼混。那时爸妈主要还是关心我的高考，我天天一副无所谓劈开腿让世界来吧的样子，让爹妈操碎了心。这时候角色反转，爸爸开始用三三不断式给我进行思想教育，教育我要安分守已，不要总是搞大新闻。许诺一脸沉痛地看着我，像是看一个不成器的兄长。在教育完毕之后，总会在爸爸转身的一瞬间，看到她的鬼脸。

那段时间兄妹关系融洽到不像话，在学校里经常有人叫她嫂子。她会很认真地对每个人说，你可以侮辱我的审美，但不能高估人类忍耐的底线。
每次都是我掐着她脖子给拎过来，再惨笑着说，这是我妹。
傻×们纷纷摇头："不像。"

3
我们家喝酒绝对是有基因的。以后的酒，基本都是老许、小许和一帮兄弟。
从小会说漂亮话的她喝酒的时候也是如此。碰杯低，落杯脆，一口干了，面颊绯红。

"磊哥哥最仗义了，我敬你一杯。"
"坤哥哥最豪爽了，我敬你一杯。"
"良哥哥最会照顾人了，我敬你一杯。"
……

在敬完一圈之后，她醉醺醺的，头发湿答答的。面颊飞雪，眼睛泛潮。软软地站起来，扶着小腹，手臂半弯。

"凯丞哥哥你长得最帅，你做我男朋友吧。"

我刚喝得乐颠颠的，她这话劈头一瀑水，霎时把我浇醒了。

凯丞和我同时说："我靠。"
我盯着凯丞说："你，敢！"
凯丞尴尬地看看她，又看看我，六神无主了。
"这不行……"凯丞说。

许诺就吻上去了。

那晚流星扫路面，把我炸成一团暴躁的火。我扶着她推开川流不息的雾，脚下平行出无数条一模一样的路。天上喷涌出贞洁的月光酒，我喝了一壶又一壶。乳汁般黏稠的初夏，我将毕业。我的妹妹许诺——这只讨厌鬼——也长大了。

4

在他们分手之后，我并没有和凯丞有什么过节。只是调解过几次，无果也就罢了。正好，我们都要走了。给予她赫赫威名，也让她免受欺负。

在那次表白之后，我便把她当个姑娘来看了，不由自主地琢磨她的心思，总是没来由地小心。那一次表白让我意识到一种巨大的危险，她长大了，不能永远一脸鼻涕地跟在我的身后。那时总觉得她很烦，但她却安全地粘在我的掌心里。

虽然我依旧幼稚，但一到她身上，便觉得自己得像个哥哥。需要肩负许多责任，需要对她宠溺无涯。小时候那些糗事和互相进行的暴力迫害，反而变得温暖。
有好吃的，就想给她吃。身上有两百块钱，恨不得给她两千。不允许她喝酒，她生理期了我就哄她喂她喝热水。那段时间不想交女朋友，只是觉得，一辈子供一个祖宗就够我忙活了，再来一个我可走不开。
像每个平凡的哥哥一样。

那天在“一杯沧海”，我拿着做兼职的钱，请她喝咖啡。
我看着她——自己的妹妹，如痴如醉。
我说：“许诺。”
她说：“咦，咋了？”
我说：“没事儿，我就叫叫你。爸妈没给我起这么好听的名字。”
她一撇嘴，说：“傻×。”

我看着她洁白如鸽羽的皮肤，雕塑般修长的双腿，像爸爸那样，弯弯的眼睛和挺拔的鼻梁，像妈妈那样，纤瘦的腰和渐长的身体。小臂上铺满细细的绒毛，被夕阳一镀，柔软了一层黄昏的云。

许诺十八岁了。
有时想，我们应该是多亲密啊。我们共享一个子宫，我们喝同一个女人的乳汁，冠同一个男人的姓氏。从你的眉眼神态中，能看到自己的影子。就像是看着另外一个自己，自己的另外一种可能。仿佛你是自己的女儿和母亲。我们家族的源头在那里，你我是两条河岸，或是并肩的浪潮。
我心情低落时，她仿佛能感应得到。总是打电话来，跟我有一搭没一搭地扯淡，没大没小的，叫我名字的时候多，叫我“哥”的时候少。

我想，岁月啊，你就把我的妹妹定格在十八岁吧。不要让她嫁人，不要让她和我一同随着时间的队伍逃亡。让她唱歌和画画，撒娇与任性。让她一直有梦想，喜欢好看的男生。让她不尝辛苦，也不必成熟。

她总是说：“许耀方，还有我呢，没事儿。实在不行咱回家。”
我总是说：“许诺，还有我呢，没事儿没事儿。你哭啥？你哭我还得给你擦。”
这个家有四口人，生命很沉，父母是生命的根，我俩是生命的肩。
一起扛，就很稳。

5
1992年。
一位年轻母亲的妊娠期，她的丈夫——年轻的许先生，通过医院走后门，看着彩超，断定是个女孩儿。
他与妻子商定，给孩子起名为许诺。是个充满诚恳和希望的名字。
1993年1月，新生的孩子满头黑发，还长着一只粉红的小鸡鸡。那是除夕夜，医院里只出生了一个孩子，没有抱错的可能性。许先生感慨自己学艺不精，只能把原来买的女婴装收起来，再买男孩子的衣服。

1995年，孩子的母亲再次怀孕，已过而立之年的许先生又看了看彩超，都能看清孩子的眉眼。许先生这次没看错，是个女孩儿，没跑。

许先生想，留住这个孩子吧，但他是公务员，1996年，那一切仍旧困难重重。
生下来，就叫许诺。
可她最终，未曾来过。

在被告知此事时，我曾抱有许多幻想，如果这个孩子——我的妹妹，生下来后，她会不会尿我的床，抢我的玩具，扯我的头发，告我的刁状?
会不会真如爸爸描述的那般好看？出落得亭亭玉立?
会不会与我最深爱的兄弟，谈一场恋爱?
我的生命，会不会因为她而不同?
我会不会更沉稳、踏实、成熟并且忍耐?
毕竟，成为兄长是成为父亲之前，第一次可以成为小男子汉的机会。
可是没有，这一切，这篇文章，全存在于我的想象当中。

若她当年来过，如今也有十八岁了。

而我也看不到另外一个自己，也保护不了不存在的她。到底，我还是没有亲生妹妹。这是这个国家，这个年代，给予我的毕生遗憾。

我想，若我有个女儿，就叫她许诺吧。

城市深处/Cocu_刘辰

# 头 版 编 辑 的 故 事

文 / 王深　媒体人　编剧　@兰陵路28号

看报纸的人越来越少了。头版编辑觉得工作越来越乏味。细数过往，他做过许多被人记住的头版，伴着许多签版后的激动难眠之夜。但现在越来越无聊了，头版编辑再也不会挖空心思去修改一个标题，或者设计一张图片。

头版编辑是阿森纳球迷。这天晚上做完版，恰逢阿森纳赢了球。头版编辑心花怒放，又找不到可供抒发之处。

他一眼看到了版面，脑子热了一秒，他敲动鼠标，把头版最末尾一行的报社地址删掉，改成了六个小字：阿森纳是冠军。

反正也没人看报纸了。头版编辑心里想着，就交了版。值班的老总没有察觉这个细微改动。于是第二天，“阿森纳是冠军”出现在十万份这家报纸的头版最下方。

看报纸的人真的越来越少了，包括报社的记者编辑。似乎没人注意到这个变化。那就留着吧！头版编辑没有动这行字。值班老总依然没有发现。

第三天，和往常一样，例行公事一般，头版编辑把同城友报的头版放到一起比较。好像有种神秘的旨意划过了大脑，头版编辑扶了扶眼镜，扫了一眼友报头版的尾行。

“曼联才是冠军！”

没错，本该出现地址的那一行，换成了这六个小字，还加了一个叹号。

对话从此开始。

头版编辑愣了片刻，像电影里一样揉了揉眼睛，确定没看错——是的，有人发现了他的秘密后做了回应，并且，对方支持的球队是可恶的曼联——阿森纳队的宿敌。
应该就是友报的头版编辑吧。

这几天正在热播一部韩剧，头版编辑也抽空看了两眼，当晚做版，他删掉了“阿森纳是冠军”，换上了三个小字：“都敏俊”。
都敏俊三个字出现在第二天十万份报纸的头版下缘。头版编辑用食指敲着桌面。如果对方看到了，会不会再回应一个？他百无聊赖，挨过了一天。

头版编辑第三天起得很早，睁开眼就去找友报头版。
情理之外又意料之中地，两个小字“救我”正在那里。

做版突然变得有了一丝乐趣。当天晚上，头版编辑一直在想今天怎么改动。头版编辑是处女座，想了许多方案，最后竟然一筹莫展，匆匆写了个“李白乘舟将欲行”。
第二天，友报头版下面发了个问题：“男的也看韩剧？”这个问题不露声色地暗示了自己的性别。

“也看。”头版编辑隔了一天后的回答简单而巧妙。而当天，对方符合逻辑地回了前天的诗：“忽闻岸上踏歌声。”

如你所见，这是节奏缓慢的对话。他们中任何一方提出或回答问题后，必须等第二天见报，对方才看到，然后做出回答或提出新的问题——再等见报，让对方看见。
完成一问一答需要三天。在人人盯着手机的信息时代，这种古典如写信般的低效的对话，就在两家报纸的头版角落里悄悄进行。

——“昨天真热。”
——“是的。”
——“你不怕被人看见？”
——“你不怕？”
——“报纸没人看了。”
——“那倒是。”

两个头版保持默契，谁也没有打破这种缓慢的节奏——虽然只需要随便打听，一个电话就能知道对方姓甚名谁。

“后天一起吃晚饭吧。”一个梅雨不断的夜晚，头版编辑鼠标一抖，敲上了这行似乎早晚要说的字。签版后，窗外电闪雷鸣，有如即将要发生什么故事的电影场景。

故事只能讲到这里了。有关故事的结尾有多种传说。

有人说，一男一女，两个单身的头版编辑见了面，理所当然地一见钟情，后来过上了幸福的生活。
也有人说，头版女编辑早已嫁人，看到对方吃饭的邀约就退了一步，再未回应。头版男编辑沮丧地等了一周无果，这场缓慢的对话无疾而终。
更有人开玩笑说，头版男编辑吃完饭就回了月球，不知道什么时候才回来。

最后一种说法是，后来两边报社都发现了头版上的秘密对话，并且各自心照不宣，不管头版换成谁值班，都不忘继续快乐地和对方勾兑下去，一天又一天，一年又一年。

直到报纸在这个地球上彻底消失。

沙漠中的路/张克纯

# 消　　失

文 / 那可　金融工作者　@那可可那

李路那天在公园散步，不知怎的，想到了自己也会在某一天从这个世上消失，于是他在太阳地儿上面杵了一会儿，感觉非常难过。

他雷厉风行的老婆小赵，去年吧唧一声就没了。一辆老态龙钟的金杯面包车，居然奋起劲儿冲到了人行横道，撞飞了几个人，小赵也跟着飞了。那天团结湖的冰场刚关门，柳条铆足了劲儿想绿，他记得风也没那么刺骨，自己穿着一件羽绒服，走急了还流汗。早上，小赵开始抱怨床罩的颜色实在太恶心了，就决心去商场退货。她出门前搽了粉，换了靴子，在回家的路上买了份杂志、两个鸡蛋灌饼。后来她飞了出去，头破了，咽了气。他有时候觉得小赵在那天的每一个动作一定都是活生生的，包括咽下最后一口气。这怎么能跟死相关呢？

先是没人相信小赵死了，然后大家愤怒又悲伤。每个人都要抱着李路哭，想抱他的人太多，有人排不上队，就随便拉个人抱着，“嗷嗷”地，他们哭成了世界上最恣情且不幸的一屋子。后来大家精疲力竭，瘫倒在墙角、沙发和床上。李路觉得自己像是一个婴儿，大哭了一阵子，世界还是同一个样子，他好像做足了一场跟悲痛相关的努力，就暂时释然了。那些抱着他哭的亲朋好友，看到李路重归平静的样子，就不好意思继续烘托这种悲苦，也都觉得算了。如果你突然闯进那个房间，会看到很多人都带着同一副木然的表情，那场景更像保育院，一群婴儿结束了哭闹，准备各自去睡了，而李路是最先睡着的那个。

……

“谁是家属？”一个穿着蓝衣服的大爷说，“烧好了，来装骨灰！”

蓝衣大爷把罩子打开，喷出一阵热气来。李路凑过去的时候，觉得脸烫。上次他脸烫的时候，是七年前他第一次把手伸进小赵的内衣里。

“是不是太小了？”小赵当时问。

“啊，是不大呢。”李路说。他在下一刻发觉说错话了，就把小赵抱得更紧，慌张地去咬她的耳垂。李路这个时候把头埋进她的长发里，闻到了榉树和泥土的香味。然后他就硬了。做爱的时候他先是觉得自己是一个乐手，在拉一首曲子，陶醉。可不久，小赵就被唤醒了，变得更加主动，她把李路压在下面，又让他起来，靠在床头。李路觉得自己又变成了任她拨弄的乐器。在不被察觉的时刻，李路伸手试图把灯光调暗，可是怎么也够不着。这时候，大灯粗暴地亮了起来，他觉得有人要冲进来把他们捉奸在床。李路的脸更烫了，想一头扎进小赵的头发，要做一只把脸埋进沙堆的鸵鸟，可小赵的头发像沙一样地散了。然后他听到有人用指骨敲了几下他的背，有个声音说：“你先捧着盒子，让我把头骨装进去。”

李路见到眼前的热浪下面，小赵变成了一具烧透了的骨架。肋骨什么的，压一压就碎了。头盖骨是硬的，被取出来，先放置在骨灰盒的底部。蓝衣大爷拿着一个带着把手的大铁饼，朝着骨头敲啊敲，有的地方骨头硬，他就身体前倾，脚尖点地，把自己的重量压上去。然后大爷擦了擦汗，对李路说：“你要不要也来试试？”

李路虔诚地拿起工具，慢慢地把小赵的骨头碾碎，扫进一个铁簸箕，往骨灰盒里倒的时候荡起了很多灰，他跟大爷就一起咳嗽了一阵子。

李路把骨灰盒抱回家之后就只想坐着，抽烟，又被呛着了。天黑了，他也没开灯，就让自己静静地暗下去，好像在扮演一副家具。后来他的肚子开始叫，他就重新动起来，煮了速冻水饺，吃完以后他觉得功德圆满，居然在一阵密织的悲痛中体会到了一种不恰当的得意。

然后他突然听到小赵在他耳边讲：“傻瓜，你瞎得瑟什么呢？”

李路发现死去的小赵就在对面的沙发上坐着，嗑瓜子。他去摸，摸不到。他去叫，不应。他欣喜，有点怕，快慰，但最多的是委屈。他觉得小赵再一次地冤枉了他，他自己明明不傻，也没得瑟。两个小时之前，他思念过度，几近昏厥。而他自己心情稍微平复一点，就被抓了个正着。他想，妻子死了，连句遗言都没有，于是就去问坐在沙发上那个摸不到的小赵。小赵只是盯着他，眼睛忽闪忽闪的，还笑。

后来他就习惯了小赵坐在那里，虽然死了，但是看着挺真的，偶尔还会换件衣服，除了嗑瓜子，她还会打毛衣，看书和文学期刊。李路打开电视的时候，小赵也会去瞅瞅。如果是日剧，她就看起来开心一点；如果是足球的话，就一脸苦相。李路不自觉的时候，会想搂过去，可是总是扑空。这个时候，他就从稍微展开一点的甜蜜里醒过来，想到妻子的确是已经死了。

一个月后，李路下定决心去整理小赵的遗物。他先翻到一摞信，他跟小赵不在一个城市的时候，会定期写点什么给对方。他想起来在那些挺热的夜里，他只开一盏台灯，把电扇开到二档，奋笔疾书，把自己掏得干干净净。他并不怎么诉说自己的想念，而是热忱地倾诉自己对事物的看法。他不敢去看这些信，这只会让他羞愧，但他在里面却发现了小赵自己写的，没有寄出去的一封，他鼓起勇气打开了，有一段话，让他热泪盈眶。

“我们应该是共同成长态，而不是敌对态，对吧？敌对态就是你老是担心自己喜欢对方是不是太多啊，对方喜不喜欢自己啊，她（我）是不是对你失去兴趣了啊，诸如此类。任何发生在你身上的任何事情，都不应该是我动摇和你交往的决心的原因。所以，李路，我发现我居然想一辈子跟你好了，你可千万别吓着了。”

与此对照，李路去读了自己的一封信，觉得自己表达爱的方式非常低端而啰嗦——

“晚上七点钟，回家的路上，因为天气冷，沿街的积水有点结冰的趋势。我忽然有个模糊的念头，就是绕了一个圈，什么都会回到同一个样子。人类的情感经历虽然多种多样，但大体不过那几种，程度虽然可以非常激烈，但是也都被设计在肉体能承受的物理范围内。只有实际的知识是无限的。那个没有感情色彩，但是可以保证不重蹈覆辙。可是我对你是控制不了的，我想跟你好，我认为这既像新的知识的获得，又好像可以突破旧的情感模式。我很庆幸认识你。”

他觉得小赵当年怎么看上自己的，也真的是个谜。可是这个已经不重要了，李路想，那个成天精力充沛、发着光的小赵已经烧成了骨渣，封在了客厅的檀木盒子里。她停了，自己还在朝前跑，他想伸手抓她一把，也抓不住。他觉得自己的比喻庸俗，感受强大而驽钝，但是大脑已经被悲伤击垮。他只能躺在床上，看着窗外的树杈慢慢摆动。

李路把信烧了。第二天，他感到沙发上小赵似乎面目模糊了一点，李路擦了擦眼镜，也还是看不太清。他去拥抱了那个幻影，然后回到卧室。他打开了小赵的衣柜，像一个重新打起精神的战士。他迅速地把那些衣物装进了箱子里，如果他不小心看到了那条在第三层中间放着的他们在异国度蜜月时买的纱巾，他一定会愈加神伤。可他没给自己这个机会，半个小时之后，快递就过来了。小赵的所有衣服，都被他匿名捐赠了出去。
这些事做完之后，李路发现坐在客厅沙发上的小赵的模样就更难以辨认了。六个月后，她就变成一团黑影。

死后一年，小赵终于从李路家里完全消失了。李路觉得时候差不多，该找个新的伴侣了，不是恋爱，就是伴儿。他注册了婚恋网站，填婚姻状态的时候犹豫了一下，没说自己丧偶。然后他平和地出门走了走，直到意识到某天自个儿也会像小赵一样没了，才觉得有些崩溃。在这个时刻，李路感到自己也终于开始消失。于是在我们眼里，他每走一步，样子就更模糊一点。

画冷风 / 麦子

感谢/ChenQu

# 热　心　人　顽　症

文 / 姬霄　作家 @姬霄

喜大普奔，我和一位姑娘同居了。

我在朋友圈发出这样一条消息，短短几分钟内，收到十几条赞和评论。

前任回了句“呵呵”。最好的哥们恭喜我，终于“脱团”了。

我妈则立刻打来长途电话，一开口就询问起姑娘的身世背景。

终于，姑娘也刷到了这条，一条条看完评论后哭着说自己一世贞洁不保，你再不解释清楚我就死给你看。

我只好追加说明，事情是这样的：

姑娘的房子租约到期了，下家又还没找到，所以我让她在我家临时寄宿一段时间。

原本出于好心，但几天之后，麻烦事接踵而来。

坦白地讲，我家里是容不下两个人的。

首先是床，家里只有一张，姑娘来了只能一人睡沙发。

没关系，我跟姑娘说，咱可以轮着来，你方睡完我再睡，其乐融融爱加倍。

其次是卫生间，业主的设计很前卫，一切全透明，姑娘要是洗澡，我只能出门溜达一圈再说。

没关系，我跟自己说，宅在家中乱糟糟，出门走走乐陶陶。

这些都是小问题。

姑娘心地善良，没两天带回一只流浪猫，成天在家里拉屎。忍着。

姑娘热爱厨艺，不爱洗碗，厨房里总是堆积如山惨不忍睹。忍着。
姑娘美剧爱好者，刷完淘宝看视频，4M的带宽紧巴巴的，连百度都打不开。继续忍着。
姑娘半夜接电话，声音脆生生的，好听，但说着说着就号起来，哭喊着“你为什么不要我了，我哪里做错了”，搞得左邻右舍都以为我俩半夜在闹分手。还得忍着。

有天姑娘跟我说，男朋友从外地来看她，让我回避一会儿。
我出门遛了半天猫，回到家门口一看，男朋友用着我的杯子，靠着我的枕头，赤着俩大脚，搭在我的茶几上，噼哩啪啦玩我的Xbox。
没法忍了。

跟姑娘说：啥时候能搬走？
姑娘反问我：你不让我住了？
我说：让让，那你啥时候找房子？
姑娘坚定地说：你这么问的意思就是不让我住了呗。
我也来了脾气：随你怎么想。
姑娘说：你以为我想赖在这啊，每天洗澡像打仗，睡觉像扑街，看个视频都得专门挑半夜网速快的时候。对了，你知道你脱发吗？卫生间的下水道我每天都得疏通大半天。

我一时无言。
姑娘的男朋友也凑过来说：大不了，我俩这个月付你一半的房租水电。
我说：滚，都滚，赶紧的。

差点打起来，朋友是没法做了，各种拉黑惨不忍睹。
一个人静下来，我开始反省，是姑娘太极品，还是我做得有点过。但细想来，这本身就是一个错误的开始。
我在没有考虑现实的情况下，就出于好心邀请姑娘，就像一个侠义心肠一心救人却因医术和经验不足而误治致人非命的医生。好心不是做错事的理由，好心同样也会作怪，造成的后果甚至比当面拒绝更加严重。

像我这样的，在工作上也能遇见相同的例子。

我的一位姓吴的女同事，天生热心肠，无论谁遇到麻烦，她都一马当先，满腔热忱，同事们给她取了个绰号叫“吴答应”。
老板在外应酬，喝了酒，半夜打电话给“吴答应”，她二话不说打车出门，做代驾送老板回家，完事了再一个人可怜兮兮地打车回去。
客户去外地拍片，把重要文件忘在了家，也打电话给她，她赶着末班飞机跑了趟西安，第二天清晨坐头一班飞机再回来。

有员工敬业至此，老板可以瞑目了。
但问题也正出在这儿，“吴答应”万事答应，同事们忙不过来的、不愿做的工作，她也一样包打天下。然而在这里头，有许多是并不在她的能力范围之内的工作。
力不能逮，自然做得不够好，老板怪罪下来，她一脸委屈地说：我只是帮忙而已啊。
被帮的人一听也不乐意了：热心肠也要看情况，你帮归帮，别净整倒忙。到头来你是做了好人，责任不在你身上，害得我白白被老板骂。
留下她梨花带雨地哭诉：明明我是好心，为何所有人都怪我?

造成这种难堪局面的原因只有两个：一是“吴答应”的滥好心，二是她不懂得拒绝。
不懂拒绝是现代人的通病，因为相比其他，拒绝所造成的伤害是更加直接的。
正因为如此，我们往往喜欢用一个看起来不那么生硬的方式去解决问题。

前一秒刚收到客户发来的资料，下一秒收到老板短信说明早交方案，你说“好”，于是通宵达旦地熬夜作业，最终只给出不算完善的作品。

明明做好去海边旅行的计划，朋友说去看沙漠，你说“好”，于是南辕北辙，在不喜欢的旅途中疲于奔命，发尽牢骚。
同事没时间，跟你发牢骚，请你帮忙，你说“好”，于是忽略自己的职能，耗费精力做专业外的工作，结果两头得罪，吃力又不讨好。
最要命的是感情戏，收到不怎么喜欢的女生表白，想委婉拒绝却语气含糊，态度暧昧，不经大脑答允她明晚的饭局、后天的电影、下个月的同学聚会。一拖再拖，直到要见对方家长的最后一步才终于坦白：啊呀呀，你没明白我的意思，我其实不喜欢你。

这样的你，被老板怪罪，被朋友谴责，被女孩怒骂“极品”，又能怪谁呢？

人是群居动物，在人际关系的构成中，每一个个体的行为都将对这个生态圈起到微妙的作用。
起初，像“吴答应”这样的热心人在团队中更受欢迎，因为他们和蔼可亲、急公好义。但时间久了，一味的好心却只会让其他人产生依赖心理，进而导致整个团队缺乏责任感，无力进步。因此，越是成熟的团队，越需要各司其职，环环相扣。

同理，在与朋友的交际中，应当只给予力所能及的帮助，如果任何事都不懂拒绝，甚至违背自己的内心，即使一时得以解决，却会在往后彼此的心中埋下芥蒂，总有一天会变成无法抹去的裂痕。

教科书教会我们好心的义务，生活却在说，我们同样有拒绝的责任。
别让热心人的顽症作怪，拒绝不会让你错失真正的朋友和机会，一颗泛滥成灾的好心亦不能代表你是一个值得交往的人。

别忘了，姑娘们在拒绝你时通常会这样说：你呀，其实是一个好人呢。

城池 / Linali

纯真年代 / 宇华在苏格兰

# 你　去　了　英　国

文 / 里则林　90后作者　“有个fm”台长　@里则林

我再见到她时，她提着LV包，一身名牌，戴着一只金贵的女式表；多了一分女人味和几分成熟。

1

十五岁时，我站在楼道里，跟所有的小伙伴挥着手，送他们升入了初三；我留下来，再读一年初二——但不是由我决定的。

老师对我说：“别人不交作业一次，扣五分操行分，可是我对你已经很宽容了，你每次不交作业，我只扣你零点五分，可你还是不及格。只能留级了。”说完忧愁地看向窗外。

我穿着中山装校服，随着他的目光，一起忧愁地看向窗外，灰蒙蒙的天空，点缀着几片当年的霾。

几秒过后，我点点头，觉得老师说的是有道理的，毕竟学校有学校的规章制度，况且学校不可能把我永远留在初二吧，想通这点以后，我欣然留级。

又一年初二，我又被安排在靠近后门的卫生角。刚刚留级下来的那段时间，侥幸升上了初三的那群不知道为什么操行分能及格的校内知名“不良少年”，常常会逃课下来，在我们班后门的玻璃上，探着脑袋来围观我。围观完后，会一起大声喊我的名字，让我出去抽烟。

每当此时，同学们都会集体转过身来看着我，老师的眼神更是让我觉得能喷出一道闪电秒杀我。我无辜地看着他们每一个人，然后低下头，弯下腰，默默打开后门，溜了出去。

几个星期过后，班主任就跟年级主任反映，因为我的留级从而影响了他们班级的正常教学，经常有人在上课时间敲打后门。然后我站在教导处跟教导主任保证以后不会了；再站在操场上求小伙伴们不要再来敲门了。被我晓之以理动之以情的他们，一时竟不知如何是好，觉得生命中突然少了一件好玩的事情，但经过思考，他们最终还是答应了。

之后我如去年般，开始了每天睡觉的生活。

2

老师和我都以为，我又会将一整个初二睡过去。

但在一个风和日丽的早上，冷清的卫生角忽然人潮涌动，热火朝天起来。我带着起床气正准备怒斥大清早就想来拿工具搞卫生的同学，结果抬头一看，是个身材高挑的女生，小眼睛小鼻子小嘴巴，可怕的是，连胸也小。她正在搬着桌椅和书本。

我毫无兴致地问她："你怎么坐到这里来了？"

她答："我在前面太闹了，老师嫌我影响其他同学。"

我顿了顿，有种同是天涯沦落人的感觉，打了个长哈欠说："你别在我这儿闹，好好做人，争取早日回到前排，知道吗？"她点点头。我马上又砰的一声，狠狠地砸在课桌上，倒头睡去。

只是谁也没料到，从此以后，我永远都能在上课时间随时听到小声而快速的叽喳细语，讨论的全是些我听不懂的东西，从不间断，一度让我感觉全世界都是这女生的声音；下课时更经常被一阵阵狂妄的笑声惊醒。

这女生的声音又尖又细。我从客气地提醒她到破口大骂怒目而视，但她就是忍不住地要说话和聊天。面对这么一台聊天永动机，我甚至有时会有不知所措的委屈。

在一天放学时，我和老狗走在路上，我说："狗哥，前面来了一个傻×，每天叽叽喳喳，搞得我觉都睡不了。”
老狗说：“打他啊。”
我：“女的。”
老狗一听，停下脚步，点起一支烟，特别严肃地看着我说：“你这样想就不对了，你告诉我什么叫作男女平等？”
我心想：男女平等？
老狗：“你晓不晓得？人要讲究男女平等？”
我皱着眉头问：“怎么说？”
老狗把烟往地上一砸：“女的还不是一样打！而且打得更重！”
听完，我整个人都石化了，在那么一个明明大家都没有“三观”的年纪里，一旦身边的某个人假装有，那么身边的人就全会被传染。我刹那间恍然大悟，觉得确实是这么个道理。

所以那天之后，我们班的卫生角经常能看到一个少女聊天聊着聊着，整个人突然往前一倒，然后惊愕地转过头去看着身后的少年。她椅子后背，全是我的脚印。
过了几天之后，我发现她开始背着书包上课——为了减震。我抬起一脚蹬去，她也就停顿那么几秒，回头看看书包，然后继续跟身旁的人聊天，我看着天花板，感到很无助。

我逐渐变本加厉，每逢下课就组织一大群小伙伴，用纸团围攻她，她虽势单力薄，也仍然一手护头一手捡起砸向她的纸团还击。
欺负她就成了我们的一个乐趣。每逢下课，一些发疯的小伙伴蹦蹦跳跳地到我面前来问我：“开始了吗？开始了吗！”
但实际上，由于她的顽强和不屈服，我心里有一股强烈的挫败感，平时大家都对我毕恭毕敬，觉得多看我一眼就会被我杀掉，对此，她却丝毫不理睬。

在又一个课间，我一改往日的嚣张跋扈，对她说：“我们一起下去买东西吃吧。”看我第一次对她那么客气，她突然露了一点羞涩的表情，然后默默地站起来，跟我走出了教室。

走过阴暗的医务室楼道时，我忽然大喊一声："弄死她！！！"一瞬间两边涌出十几个人，无数个纸团飞向她。她愣在原地被劈头盖脸地砸到，看得我兴高采烈地哈哈大笑。

老狗抓着一个纸团飞向她，啪的一声，正好砸在脸上。

直到这时，大家才发现她一反常态地没有还击，也没有说话。楼道突然变得安静下来。

她突然抬脚飞向老狗，老狗整个人摔了出去——老狗以强壮著称，五年级丢实心球比体育老师还远，初中以后还创造了校纪录；打球时面对最激烈的碰撞，也从不倒下。他这一摔让我们叹为观止，全站在原地，张着嘴。

然后她从我身边走过，瞟了我一眼。我这时才发现她眼睛是红的，满是委屈，我怔住了。她收回目光，低下头走开了。而那个对视让我有一种说不出来的奇怪感觉。

我那时其实是一个调皮而善良的男生。调皮过后，才突然想到，其实她也是个女生。但因为交友不慎，听信了所谓的"男女平等，女打更重"理论，导致我差点丧失了人性。一股内疚感涌上我心头。

我对老狗说："其实她刚刚哭的时候还挺可爱的啊。"

老狗一句话都没说，估计还沉浸在那无法解释的一脚中。那天之后她得了一个外号叫"大力佼"，"佼"是她的名字，"大力"是因为她很大力。

那天过后，我再也没欺负过她了，虽然还是经常会骂她，但她也敢还口了，因为她大概知道，我对她有歉疚之情。

3

有一天老狗开玩笑跟我说："你也该找个女朋友了啊。"那时我才十五岁，但他对我说了三十五岁才会说的话。我呵呵傻笑着，想象着女朋友的画面，脑海里闪出的却是大力佼。这让我开始生自己的气，然后还得每天去克制自己去想这件事，于是我就每天都想着这件事了。

想着想着，我就觉得她其实挺耐看的，有时候还挺可爱的，特别是她放着一大堆零食在抽屉里，接着打开抽屉告诉我：“看到没，这么多零食，你别偷吃！”我点点头，于是她的零食基本上都被我偷吃了。

后来，我们之间聊天越来越频繁，有时突然沉默下来，我盯着她，她盯着我，我就尴尬地脸红了起来。

一段时间过后，连老狗也能看出来我喜欢上大力佼了。

又是一个放学的黄昏，我说：“狗哥，我喜欢一个女的。”
老狗：“嗯，大力佼。”
我连忙红着脸手舞足蹈起来：“放屁啊，怎么可能？”
老狗点起烟：“那你脸红什么？”
老狗又说：“别装，喜欢她又不丢脸，而且你要去对她说，别对我说。”说完对我眯着眼坏笑。

自习课上，老狗的话不断地在我脑海里回响。我趴在桌子上，边睡觉边研究如何借鉴《流星花园》《还珠格格》《情深深雨濛濛》里的桥段进行表白。
正研究间，大力佼忽然转过来，用手指弹我。
我懒得理她。
她又卷起一个纸筒假装喇叭，凑到我耳边问我：“你睡着了吗？”
我还是一动不动。
接着她“喂”了两声，然后我感觉到她转过来，仔细地观察着我。
我依然不动。
然后她又把纸筒凑过来，一字一句地对我说出了我毕生难忘的一句话：“我——喜——欢——你……”
我耳朵能感觉到从纸筒里传来的她的气息，我头脑空白了一下，然后整个人吓了一跳，下意识地弹起来，撕心裂肺地大喊一句：“哈哈哈哈哈，你居然喜欢老子！！！”
同学们都被吓了一跳，转过来看着我们，大力佼还保持着用纸筒连接她嘴巴和

无名诗 / 杰力胡

我耳朵的状态，于是空气就凝固了，大家瞬间就明了了，我突然觉得自己可能失态了，行为太任性了。
大力佼力气很大，她红着脸，没有说话，抓起一本书低着头追着我就开始打，一直打到我躲进男厕所。

我们就这样一起早恋了。

4

早恋后的某天，我们经过一个宠物超市，看到一只猪，她很喜欢，然后我就买了。她抱着那头猪声称要好好爱护它。但在当天，那头猪对着我们哈了一口气，很臭，于是她就从来没有带那头猪回家过，一直放在我家。那是一头白天睡觉、晚上活动的猪；而它活动的内容就是在大厅瞎跑，到处撞房间的门，搞得我们都睡不着觉。有一天半夜那头猪叫得跟杀猪似的，我才发现它撞进了大厅的厕所，在坑里苦苦挣扎，我救了它，但它早已心力交瘁。
后来，爸爸偷偷让保姆把它卖到了菜市场……为此，大力佼假装伤心了很久。

那些日子里，我和大力佼时常放学走在市中心的步行街上，到处瞎逛；还在情人节一起吃了个“跑堂”。有一段时间我们决定买两个本子一起写日记，过段时间再交换来看。她还常常和老狗拼酒，老狗觉得压力很大。

当有一天，我爸看到她时，问我：“她是不是个弱智？”当时没有“萌”这个词，我很难解释。因为她经常会说一些现在想起来很傻的话，也会做一些现在想起来很傻的事。比如找不到一直抓在手上的电话，又比如找不到电话一着急用力地甩甩手，电话飞了出去。我们一起看余文乐和高圆圆演的《男才女貌》时，我哭得不能自已，她在旁边一直无奈地看着我。

有一天晚自修结束，一个魁梧的中年男人把我截在了校门口。我不耐烦地看着他，他用手机指着我的头，让我别再跟大力佼来往了。我心中一怔，妈的情敌都排到这个年纪了？

我正准备挽起袖口，决一死战，大力伎跑到旁边问了一句："爸爸，你怎么来了？"然后大力伎的爸爸训斥了我很久，大概内容是你这么一个不务正业平常上课都找不到人的少年别带坏了我家女儿。我义正词严地说："你不能用成绩好坏判定一个人的好坏。"
他爸爸反问我："那用什么来判定？"
对啊，那用什么来判定？那个年纪里。我倔强地扭头就走。

我和大力伎仍偷偷交往。他爸后来也无可奈何，只能尽到作为一个父亲的责任，在暗处保护大力伎。比如说我和大力伎一起看电影，散场时，猛然发现她爹蹲在最后一排，偷偷窥视我们，吓得我惊出了一身冷汗。

十五六岁时，其实没有人懂爱是什么，但大家都以为自己懂。至于未来是什么，没有一个人知道，由于没心没肺，所以两个人才能出于最单纯的动机待在一起。
也因此，我们从来没想过初中毕业时会怎么样。

初中毕业后，爹娘决定把我送去海口上高中，因为他们希望我远离原来的环境，看能不能好好做人。
那个暑假，我们心里都像压着一块石头，却又像早已达成了默契，在那段日子里，绝口不提将要分隔两地的事实。我们只是如往常一样和朋友们待在一起，欢度最后的时光。
那个暑假，是我唯一一次感觉要倒数着过日子的日子。

终于到了临走前的一天晚上，我们站在路边，我假装潇洒地把脖子上的玉佩取下来，掰成两半，一人一半，我说："这样日后我们就能相认了。"
她点了点头，把那半块玉放在手里，看着我，跟拍戏似的问我："那以后我们怎么办？"
我故作潇洒地说："有电话啊。"
她又问："那怎么见面。"

我又傻笑着说："放假我就回来了啊。"
我们就再也说不出一句话了。最后我送她上了回家的车。我看着那辆黄色的的士越走越远，眼睛就红了。

那天回到家，父母看着我没有如往常般手舞足蹈载歌载舞地飘进门来，而是沉默不语双眼通红。姐姐拍了拍我的肩膀，说："毕竟还小。"
走那天，一起长大的小伙伴们都在路边哭着把我送走了。但我唯独没让她来。

在海南岛，我常常面朝大海，看着对岸。幻想时间飞逝，能早日放假，见到朋友和她。
但实际上，那年放寒假的时候，回到重庆，和大力佼见面，却是另一次更漫长的告别。

爸爸厌倦了漂泊，说人总是要回到故乡的，便决定举家回到广东。心中虽然很舍不得，但看着爸爸恳求的眼神，我就没再说什么。
我打电话告诉大力佼这个消息以后，她什么也没说，就挂了电话。彼此心照不宣地知道这意味着什么。
我一个人坐在楼下的长江边，叹了少年时代第一口也是最后一口气。感觉自己有一种全世界都不懂的无奈与悲哀。
那年，重庆下一了场久违的雪，细碎的雪花，触手即融。坐上回海口的飞机，看着江北机场，想到下一次回来，不再是某个特定的寒暑假时，觉得整个少年时代从此被一分为二。

回到海口，紧接而来的就是我的生日。我收到一大箱大力佼从重庆寄来的东西。上面写着："要从下面打开"。于是我从下面把那个很重的纸箱剪开的瞬间，有几百颗糖果像水一样倾泻而下，哗啦啦落了一地。里面的信中写着："要的就是这种效果。"
而我的初恋，莫名其妙地开始，也莫名其妙地结束了。就像这糖果一样，许多甜蜜倾泻而下，但却仅此一次。之后许多年，我们再也没见过。

5

时光飞逝，大四时，我去了北京实习。有一个从小一起长大的朋友来看我，我们去了南锣鼓巷，喝着酒，听着不知道哪传来的一个沙哑声音，唱了一晚上不知名的情歌。

也不知从哪接入的话题，她跟我聊起了我的初恋，她说："后来她经常去酒吧。她高中时交了一个男朋友，对她不好。再后来，你也知道，她考上了川外。你最后一次见她是去年咪咪哥结婚的时候吧？那之后，她去了英国，在机场大哭着走的。"

我点点头，没有说话，我能想象到那个画面和她心中的惶恐。

那天回去的路上，坐在车上，我觉得很孤独。那种孤独并非来自异地他乡孤身一人，而是来自你在异地他乡孤身一人时想起曾经的往事。

我记得咪咪哥结婚那天，我在大圆桌的一角坐着，低头玩手机，忽然听到小伙伴们几声做作的咳嗽。我抬起头，猛然看见了她。我曾设想过再见到她时，她会是什么样的。那天她提着LV包，一身名牌，戴着一只金贵的女式表；多了一分女人味和几分成熟。

我们对视了一眼，我忽然笑了，说："你这傻×。"然后大家都笑了。我们两个人又尴尬地看向了别处。

那时我想，我们只是这样而已：没有过什么激烈的争吵，没有过"三观"不合，没有过性格不符，也无关物质，只是纯粹地在一起。分开仅仅是因为那个年纪里，注定了没有结果和不了了之。

你去了英国，我却在世界的另一头想起了你，就像想起一个老朋友。时间带走的那些单纯日子，如今偶尔还会和朋友笑着谈起，只是早上再照镜子时，发现已是另外一张成熟的脸。

时光流动/桃米水

# 第　三　次　赌　博

文 / 顾颖　作者　@锦衣游

朋友跟富一代吃饭，拉我作陪。虽然我认为和富二代吃饭更让人欢喜，但先和富二代的爹共进晚餐，也不失为走近梦想的一种途径。

富一代是个赌博爱好者。比起赌神和赌鬼，我认为这样的称呼比较客观，因为大多数热爱赌博且没破产的人都自认是赌神，在赌博的心理战术中获胜，比拉到一笔风投更让他们自豪。事实上，赌神与赌鬼是一样的，只不过成王败寇，赢者是神，输者为鬼。

富一代吃得不多，但很能聊，陆续说了些赌场的事。作为一个只能在影视剧里臆想豪赌的平民，他为我打开了新世界的大门。

富一代说他一个朋友在赌桌上输了五亿，输光了自己的财产后，还凭着之前的辉煌借到几千万，下一秒便变成了筹码，烟消云散。富一代感慨地指着自己的头说，这人脑子已经坏了。

我问他，赢的时候怎样控制自己及时收手。

他说，爆掉。

我无法理解这样的专用名词。他解释说，就是故意输一把，押一个最不可能赢的。赢能使人贪婪，及时的输让人警醒。

我人生唯一的一次all in是和朋友玩德州扑克。手捏full house的我以为足以傲视群雄，结果一把四条就让我从此不再玩德州扑克。我牢牢记住喊出all in那刻的心跳声和摊牌时的幻灭，无法控制的东西只有远离它最安全，比方赌博，比方吸毒，比方爱情。

输让人罢手，富一代总是对的。

我妈是一个几乎与中华人民共和国同时诞生的平凡妇女。在她身上有着那个时代的普遍价值观，又极具个人特色。这个特色，很难用一个词来概括。她从不惧怕看恐怖片，她可以一边打着毛衣，一边淡定地看鬼片，同时对我脆弱的心灵表示蔑视。她敢于冲撞任何直属领导、国企干部，只要她认为自己是对的。她受不得委屈也欠不得人。她是我认识的神经最坚韧、性格最刚烈的人，没有之一。

总之，我妈这样的性格绝对是一个痛恨赌博，和赌博这回事永无交集可能的中华妇女。但以宏观的眼光来看，我觉得这样的性格已经具备了上赌桌的基本素养，或者说，每个女人都是赌徒，在她们的人生中至少有一次，做了场豪赌。那就是婚姻。

我妈说过一百遍，当初和我父亲相识的时候，她完全没有看上他。并且明确、断然地拒绝了他，连好人卡也没发。但我爸是个好人，不知道出于什么心境，他写了封信给我妈，说其实他跟我妈相亲时，别人还给他介绍了个姑娘，他觉得已经相了我妈，就把那厢给回了。以现在的世道来看，我觉得我爸这个行为的后果取决于他的长相。他长得憨厚纯美，这就是个淳朴青年的心声；他长得尖嘴猴腮，这就是变相的质问，并且带着轻微的胁迫。我爸的长相介于这两种之间，我妈是简单的女青年，她没觉得我爸在胁迫她，她只是觉得很内疚，总不能因为她的退出搅了人家的姻缘吧，于是她思前想后，决定舍生取义，嫁给我爸，开始了人生第一轮赌局。

在相当长的时间里，我想她可能不止一次以为自己赌输了。也许百分之五十的中国式婚姻，都会让人产生想退场的挫败感，而你连对手是谁都不知道——是婚姻制度，是时间，还是人性？我妈和我爸的婚姻就像芸芸众生中的一对，没人能说清是天作之合还是人间怨偶，他们争吵，冷战，然后和好，继续生活。

每一对夫妻的生活都可以写一本小说，拍一部家长里短的电视剧。我爸和我妈也是，他们可以为了一把葱买贵了一毛而爆发战争，也会为了毛主席和邓主席哪个更英明而冷战一周。更多的时候是各干各的，很少交流。偶尔欢笑快乐的片断，夹杂在日复一日的冷淡中，容易让人遗忘。

在一场起因不名的吵架中，我爸动手打了我妈一下。
那个冬天的夜晚我妈去黄浦江边走了一圈，我爸只穿着棉毛裤出去找，没找着，回来了。我妈也回来了。那时还不流行“动手一时，禽兽一世”的人性预言。即使有，我想我妈还是会回来。她用后来的人生证明，这预言并不全面。我爸再没有动过手。

1989年的某一天，那天我爸正在改革开放的前沿——广州出着人生难得的肥差，我妈则从医院得知她患上了癌症。我爸兴奋地带回一枚用家庭积蓄为我妈买的黄金戒指和一堆二手衣服，我妈戴上戒指，告诉了他实情。
她逼着我爸发誓：如果她死了，绝对不再娶。我爸坐在板凳上一言不发。以我遥远的童年记忆，应该记不清我爸是否坐在板凳上，但的确有这样一幅画面留在我脑海里。也可能是和当时看的乡村电视剧重叠了。我爸是个实诚的人，他不愿发誓是因为他做不到。不管我妈逼他多少次，他始终没有发这个誓。于是我妈的心里有了一幅假想画面，那画面就是我三餐不继，每天被后妈抽打得死去活来。
基本的治疗结束后，我妈开始练抗癌气功。她每天早上四点起床，走到离家半小时的公园里，练四小时的气功；她不间断地喝中药，药里尽是蜈蚣壁虎毒草，中医说这是以毒攻毒。
这是她人生的第二个赌局，她甚至没有筹码，但世上没有一种力量比母爱更强大，哪怕面对的是死神。

她坐上赌桌的那刻，我爸的妈，也就是我奶奶和我的姑姑们正在游说我爸退场。他们试图劝服我爸离婚。我爸是否同样坐在板凳上一声不吭我无法得知，我只知道他没离婚，他依旧是我妈的丈夫，我的父亲。

他上班养家，还瞒着单位偷偷报了个第二职业，考了导游证。每个月去厂里报销我妈的医药费。有一晚我爸拿完报销款骑车回家，在路上遇到了两个打劫的。向来不识时务的他瞬间变得很识时务，把钱包交了出去。回家后他很庆幸，说幸好报销的钱没放在钱包里。

医疗制度改革后，我爸妈常说，咱家还是有点运气的。虽然生了这病，却生在一个全额报销医药费的时代。希望就如悬崖上的花，无论是死荫的幽谷还是荒芜的高地，总有春风摇曳。

十八年过去，我爸和我妈还在为了葱姜买贵的问题争吵。我妈做气功的时间缩短到两小时以内，中药里也没了各种毒物。我已经长成一个能扛箱瓷砖下五楼的新生代文艺女青年。除非我爸找个学跆拳道的，否则世界上没有一个后妈能把我往死里抽。

富一代说："赢是输的开始。因为赢只会让你更想玩下去。"

这长达十八年的赌局，我妈赢了。她的人生目标从不让我被后妈欺负变成希望有一天能帮我带孩子。赢，让她想走得更远。然而这一局，太艰难。

2007年的夏天，她再次得了癌症。这一次，被留在医生办公室的人已经换成了我。走出办公室，我蹲在地上，仰面对坐在椅子上的她说："医生说，治疗会使你一只眼睛瞎掉。"

她问："是一只吗？"

"嗯。"

我说了谎。

她用手捂住一只眼睛看着深幽的医院走廊。

"那就治疗吧。独眼龙，也是可以的。"

放疗后的一年，她的视力开始衰退，直到只剩下光感。在她还能看见的最后阶段，我爸陪她再次去了杭州，生平唯一一次住了四星级酒店。她说看到了音乐喷泉，真的很漂亮。

坚强有时候不是件好事，因为生活总在试探你的底线。除了视力，她的听觉必须依赖助听器，嗅觉丧失，生活逐渐无法自理。有一天我工作中，我爸打电话来。我妈晕倒了，我爸除了给我打电话，什么也没做，只是陪她一起坐在冰凉的地砖上，等我回来。

孩子是一夜之间长大的，父母是一夜之间变老的。每人都有自己的经历方式，对我，这一夜很漫长。

我妈刚送到医院时还有些意识，想要上厕所。我和我爸把她搀扶到厕所。那时她已失明，走路时步子很小，一步要挪很久。我爸对她说，有我们扶着，你不能走快点吗？她睁着眼说“我怕”。一趟厕所上了二十分钟也不止，我爸声音粗响地吼了她几句。她只有两个字“我怕”。
之后，她陷入了昏迷。病危通知书递到我们面前。那晚，我第一次看到我爸哭到情绪崩溃。我明白这眼泪里包含了什么。

生活教会我，永远不要对你爱的人说残忍的话。你不会知道，哪句话会成为这一生对她说的最后一句话。而她的回答，也许就是“我怕”。

我独自签掉了所有的病危通知单和手术告知书。为了让我妈能公平地从走廊换进重症病房，不惜对医生的谈话进行录音表示要挟。
那几天，我大把地脱发，多年未成的减肥计划在三天里超额完成目标。走在深夜医院的停车场里，遁入空门的志向油然而生。我对神许了愿，给我一个机会，一个子欲养的机会。一个，最后一句对话不是“我怕”的机会。

我妈出院后的第二周，我在教堂受洗。对神，对人，对自己不能食言。我感谢他救了我妈，更感谢他拯救了我和我爸的灵魂，和未来三十年的回忆。

这一次赌博，我妈已全然没了斗志。信念很重要，我的孔武有力，使她失去了单挑假想敌的信念。她说：不该救我，我已经没用了。幸好她看不到我听到这句话时奔涌的眼泪。
她神志清醒后，我向她抱怨，说我爸在她病危期间是如何地懦弱，没有担当，把所有可能承担后果的责任都推给我。
她摇摇头，说："他不是没有责任感。他只是心很软，大事上做不了决定。他是愿意做的，打打小工，跑跑腿这些他都可以。大事他不是不想做，只是不敢。不要怪他。"

这么多年，我妈是个入世者，我爸是个理想主义者。他们有着截然不同的家庭出身和教育背景，从来没有意见统一过。我一直觉得我妈不了解我爸，有时我与我爸谈论历史与诗歌，她嗤之以鼻。初中文化的她常说，早知道你爸后来会考上大学，我是不会嫁给他的。他们不是克服万难的相爱恋人，他们只是一场为了年龄渐长而结合的相亲婚姻。然而那一刻，我明白，这世上最了解我爸的人是我妈。
这场病，使我妈再没有站起来过。我家请了保姆，但我爸没有让保姆陪我妈，他依然睡在床的另一半，每晚起来两三次为她垫尿盆。他温柔地对她说每一句话，他们之间有了独特的约定暗号。

他经常笑呵呵地拉着我妈的手说"有数，有数"，这不是一句好笑的话，但总能让我妈笑开。他们从不像别的夫妻那般给对方取昵称，他们称呼对方的全名，连名带姓。我妈总说光叫名字太亲昵，她喊不出口。在她人生的尾声，却改口已经叫了三十年全名，她喊我爸，老公。虽然她的眼睛已看不见他。

在她的弥留时期，医生说她已陷入深度昏迷，完全感知不到外面的世界。她的身上迅速长出了棕褐色的褥疮，嘴里不停地吐出肺积水引起的泡沫。亲戚说，让她安心去吧，一定是不放心才这么拖着。

他们让我到我妈耳边发誓，答应她我一定会嫁个好男人。
我说，深度昏迷的人听不到外界的话。
他们同情但坚定地念叨：听得到，听得到。说了就会听到。

我违心地在她耳边发誓，因为我觉得嫁好男人这种事不是我说了算的。
可能她也觉得我很没诚意，仍然一天一天地拖着，直拖得我无法将视线落在她身上任何一个部位。我想拔管，我爸不同意。他说，不要做让自己将来会后悔的事。
我和我爸轮流守着她，日月交替。我爸喃喃道：“她会选择我在的时候离开，最后一程，她还是会选择我。我知道。”
初秋的清晨，我爸打来电话，声音平静：“她选择了我。”

那一天，只有我和我爸，场面很冷清，却有刚升起的、斜斜的、温暖的阳光。我模糊地想到计划生育制度，也许将来很多独生子女都会经历我现在经历的。

我开车跟随殡葬车，一路送行。这是我上班的路，同平时一样，车流如潮，川流不息；同平时一样，跨越大桥，黄浦江水在桥底流淌。
我跟随着那辆黑色的车，跟随着我的母亲，以及仍然陪伴在她身边的父亲。我曾经不止一次地跟他们对峙，我说我永远不要步你们的后尘，婚姻里不能没有爱情。

然而这一程，又有多少相爱的人能够像这样走到最后？

殡仪馆的人关照我们，不要从原路返回。去火葬场都有不成文的规矩，不走回头路。我和我爸没有交流，沿着来路往回开。熟悉的路，从终点又回到起点。光阴，在车窗外退格。

我妈清醒时说的最后一段话是她的一个梦。她说她做了一个梦，梦到住在地下，有很大的房子。后来我爸来了，和她在一起。她很幸福。还有，让我爸找个身体健康的好女人，好好过。

# 走　　马　　灯

文 / 滕洋　作家　编剧　@短短滕

这会儿，庞城已经走了，带走了一只行李箱、一只登机箱。六年情感，只值这么多，压缩起来，一个立方不到。

其间，她站在阳台上抽烟，手里拿着整理庞城留在家里的东西时发现的信。电视里滚动播放当日财经、体育，以及社会版中一个对生活绝望的人路过某户人家顺便杀了那家主人的消息——唯一的原因只是因为自己没有勇气自杀。曾经的每个晚上，她很爱和庞城一起看这种节目，一边吐槽一边看，模拟着未来的生活状态。她曾觉得很幸福，现在，她努力回想，庞城只跟她说："那，再见。"明知不会再见了，还"那"个屁。感情嘛，就是这样，在一起在一起，同进同出同床共枕，但真的就在一起了吗？再深的拥抱、亲吻，不也还是两个人吗？

实际上，谁也没有变成谁。

是非、对错随着她点燃第二支烟，慢慢变得模糊。她穿着上个生日庞城送的高跟鞋，他在巴黎见客户的十分钟间歇，跑出去买了这双高跟鞋。他说她穿上高跟鞋看起来像十八岁又像三十五岁，反正，就是女人最好的区间。现在呢，她穿着女人最好的区间，脚踝有一点疼。男人为什么不穿着内增高站在男人最好的区间呢？所有男人都比女人该增高。高跟鞋轻轻踢着阳台护栏，她双手撑在护栏上，试图让自己更高一点。

旁边阳台费力伸出一只戴着驱蚊圈的手："我叫汪欢实。"目测手的主人不超过二十二岁。
城市里似乎已经很少这种主动结识邻居的人，她吓了一跳，一只鞋掉了下去，对面阳台那人也应声消失。三分钟后，汪欢实出现在楼下，大汗淋漓地向楼上的她挥舞捡到的那只高跟鞋。再三分钟后，汪欢实呼哧呼哧跑上楼，把鞋递给她。她并没有道谢，对于现在的她来说，整个世界只剩庞城抛弃她这一件事。汪欢实对于她没有道谢，感到有些不高兴：

“最起码说声谢谢吧？你是没有礼貌，还是想自杀啊？”

后面这个问题过于尖锐，直指实质。她本来自己沉浸在无边无际否定未来、否定自我的情绪中，却被这个简单又无聊的问题撕开一道滑稽的口子，她下意识辩解：“你吓到我，鞋才掉下去。”回答完，顿感自己的伟大悲伤也变得无聊了。虽然不是基督徒，没有宗教的禁忌，她也觉得被洞穿了这隐匿的内心，是一件可耻的事情。

地上散落着她没清理完的东西，汪欢实撑开门，硬挤进来：“我礼拜天听到你和你男朋友吵架，他是不是又欺负你了？他……”

“走了！”她被汪欢实这话再次戳中软肋，大哭起来，“我礼拜天出差了，那天不是我……”

马上汪欢实就意识到自己说错话：“我听错了，他一直一个人在家，对你很忠诚，没有其他人……对不起。”

灯光萎靡，尴尬的沉默时间里，汪欢实站在她家门口，走也不是，留也不是。她啜泣着，丝毫没有停止的迹象。汪欢实试图转移话题，避开眼前这个女人的爱情悲剧。他说，自己开学大四，非著名大学不著名专业待业生。他还说，学校宿舍暑假装修，他无处可去，本想回家，但看了一本成功学的书，决定拿出所有积蓄在她和庞城这个“高尚精英”小区租一个月的房子，争取认识几个精英邻居，为未来找工作打基础。

汪欢实喋喋不休地说下去，絮絮叨叨地塞满两人之间所有的尴尬。她含糊地点头，还是哭得不可抑制。失恋多像一语成谶啊，无数次地问对方会不会因为另一个人离开自己，当时的庞城都斩钉截铁地说“不会”，可走的时候还是毫不留情。

“你不觉得我是个很有想法的年轻人吗？”汪欢实突然问她。

“嗯？”她走神了。

“你们公司还招人么？我开学大四，可以先去实习一年，你觉得我不错，再转正。”汪欢实胸有成竹。

她摇摇头：“我已经申请出国工作了，帮不了你。”

“就因为这事儿？”汪欢实表情有一丝不屑、一丝遗憾，他严肃又认真地问她，“你怎么能因为另一个人就改变自己的人生呢？！”

她怔怔地看着对方，突然爆发了：“凭什么就不能呢？计划了结婚计划了旅行，为一个人计划了一辈子，那个人却退出了，我凭什么不能改变自己的人生呢！”

她本来是要去死的，跟家里打好招呼要出国，却在跃上阳台的瞬间掉了鞋。

汪欢实叹了一口气：“我带你去散心。我的房子下礼拜到期，租不起了。算起来，我们还有七天的缘分，你失恋，我也没找到工作。”

直觉上，她应该拒绝，毕竟加上捡鞋的六分钟，她认识这个男孩总共也不过二十分钟。

她想关门，对方却把手坚决地按在了门框上：“你死都不怕还怕我对你怎么着吗？你等我搬了再死，我怕鬼。”

有一种又好气又好笑的情绪在她心里纠缠，她在一本书上看到过，与想要自杀的人谈判时，不能回答诸如“几点了”、“起风了吗”之类的问题的。因为这种问题都会暗示对方“时候到了”。后来想想，她之所以能答应跟汪欢实去散心，完全是因为当时的汪欢实给了她一个新的暗示“七天之后再死”。或者，她根本就不想死。

于是，她居然同意了。汪欢实提议开车带她去看现场，但到了停车场，汪欢实推出一辆电动车，她却不合时宜地按亮了自己的汽车。她以为的开车是开车，而汪欢实以为的开车，反正就是开嘛，管它什么车。她不想以二十九岁高龄坐在电动车后座秀发飞扬，那种感觉有点像郭德纲演林志颖，虽然年龄相当但怎么都透着一种违和感。汪欢实讥讽她，死都不怕了，还怕丢人吗？

她想想也是，死都不怕了，还有什么好怕的？于是，北京东三环的辅路上，他们踩着电动车超过了行人与自行车，超过了奥拓和兰博基尼，她觉得穿着Lanvin套装和YSL高跟鞋坐在汪欢实的某宝大王牌电动车上的自己，有一种特别后现代的拼贴感。

他们去了音乐节，在下着雨的大泥地里，跟台上的摇滚歌手一起不要命地呼号。汪欢实帮她买了一双人字拖，她把人字拖套在高跟鞋上，给自己弄了个橇——她死都不愿脱下自己的高跟鞋。对的！她本来准备穿着这双鞋去死。于是推电动车的青年带着穿橇的女人，漫步雨中的音乐节。她想起多年以前，她和庞城也一起去过音乐节，他们租了帐篷，挤脏厕所，穿海魂衫回力鞋。她想当时也是高兴的，主要是穷开心。

晚上回去的路上，电动车没电了，汪欢实吃力地蹬着车子，他们还有十公里的路要蹬，光是想想都会肌肉酸痛。汪欢实说要不你帮帮忙吧，她说“好嘞”，然后笑着打开手机里的电台软件，下载了一段“呼儿嗨呦”的劳动号子。

男孩在前面无力地大声抱怨着：“不能帮点实际的吗！”

她笑着摇头，沉默着流泪。那年她和庞城的音乐节后，北京暴雨，他骑车带着她在雨中穿行，掉色的海魂衫把两个人染成阿凡达和蓝精灵。回家后，庞城洗了一个小时的澡，她则多了一套扎染内衣。后来，庞城再没穿过蓝色衣服，她再没有去过音乐节。多年以后，庞城开车载她去看演唱会，依然是大雨。

庞城叹了一口气：“你知道那天晚上我蛋都染成蓝色的了吗！”

至少，她保有了关于庞城不穿蓝色衣服的秘密，这个秘密他或许再也不会对第二个人提起了。

第二天，汪欢实带她去搞浪漫。他跟喜欢的女孩闹分手，对方不肯原谅他。他想了一万种道歉方法，想在女生家楼下摆蜡烛，九十九支白蜡烛摆成一个心，再捧一束花，一遍遍对着楼上大喊“对不起”。她教他安静地在楼下等女孩出现，真诚道歉就好，原谅就复合，不原谅就好聚好散。
汪欢实有些犹豫：“这样，不会显得不真诚不隆重吗？”

她反问：“难道要隆重到尽人皆知、道德绑架吗？”

这种事，她身体力行过。大学毕业时，庞城带她想回家乡过安稳日子，她却想要出国再读书，提了分手却在临走前后悔了。当时的她干了现在的她不同意汪欢实做的事情——她在庞城楼下摆了蜡烛求复合，她爱的庞城在所有围观群众大喊“在一起”的气氛中同意放弃家乡的工作。最终，她没出成国，庞城为了她漂在了北京。于是，后来的每个不美满，她都背上沉重的枷锁：假如当初放他走，她和他的人生会不会好一点？

汪欢实最终没有等到他的女孩，那女孩早已出门旅行了，走时没有通知他，甚至换了手机号。汪欢实还想挽回，她却力劝年轻的男孩：

“为另一个人改变自己的人生，最终就会搞得像我。”

当你失去他（她）时，你怎么办呢？年轻时不懂得的道理，在某个时刻会忽然醍醐灌顶：比如，每个人都是一座孤岛，终将一个人来一个人走。新闻里每天都在上演孤独的故事：那个因为门没关好无辜被杀的人，也有挚爱的家人，但最终只能独自面对生与死，可就算他们握着你无力的手，温柔地鼓励，你也终将独自面临最后的白光，走马灯一样闪过你的一生。

回去的路上，她和汪欢实从爱情聊到了死亡，汪欢实说她“解high”——稍微大个几岁就能装尤达大师、心灵鸡汤。她恍然明白，自己已经变成当初自己厌恶的“过来人”。

第三天，汪欢实带她去看798里不要门票的展览，他带着她倒了两次公交车，只为了指着其中一幅照片告诉她：“这幅画我三年以前在创意市集上看到过，当时卖五十块我没舍得买，你看后来在香港拍卖居然值五万了！”

“你怎么五十块都没有？”

汪欢实不好意思地低头：“女朋友想吃冰激凌。”

她想了想，严肃地恭喜汪欢实：“幸好你跟她分手了，你女友绝对是扫把星转世。”

汪欢实却说：“就算回到当初我也会买冰激凌不买画的，那天是我们的初吻耶！”

将风系游魂/More

第四天，汪欢实教她打网球，她汗都没出，汪欢实捡球捡到腰肌劳损。她想，她会坚持打网球，很多人在生命里来来去去，总要留下一些什么，比如，庞城留下了一段感情。

第五天，汪欢实送给她一本食谱，叮嘱她即便他离开了，她也应该好好地照顾自己。

第六天，他们坐在阳台上，喝了一瓶红酒，看了一次日出一次日落。

第七天，她告诉汪欢实，她已经不想死了，就算庞城离开了她，她的人生也还是要继续。

还是隔着阳台，汪欢实吻了她，他身后是已经整理好的两只行李箱。
他说："这世界上再浓烈的情感也不该逾越作为人想要活下去的本能。"

她站在阳台上抽第三支烟，隔壁阳台的汪欢实就那么忽然地消失了，像从没有出现过一样——她终于完成了她幻想中的走马灯，回顾的只有爱情。但她想，这不会是她临终的那个。

她终于放下了支撑在阳台上的双臂，虽然她还是不知道怎么释怀：假如，当年庞城不是暑假租了她隔壁的房子，就不会因为帮她捡晾在阳台上掉下去的鞋认识她；假如，那年庞城买了那幅画没有买冰激凌给她，或许就没有那个吻。

假如，那次闹分手她换了号码不再换回来，庞城或许就已经离开北京回了老家工作……假如没有过去，他们不会有七天前因为一件小事争执，她不会愤而离开没告诉庞城自己要出差，庞城不会因为担心她没带钥匙又赌气不肯打电话而执意为她留着门……假如这一切，有任何一件事改变了轨迹，今天，应该就不会是庞城的"头七"。

可庞城已经走了，一个一米八五的人，只带走一只行李箱、一只登机箱。她哭着想，如果不是迷迷糊糊中他以为是她回家，也不至于如此措手不及……她真是他的扫把星啊，她却还是必须苟活于这世上。

她手上还拿着庞城的信：

“下次吵架，你不要离家出走了好吗？你说，如果我向你求婚，我们应该像交换戒指一样交换人生的一个秘密。我现在告诉你我的秘密。我小时候身体不好，奶奶迷信，让我认过一个狗爹，给我取过一个好养活的孬名。别人的孬名顶多叫狗剩、拴柱，我比较倒霉，还得随狗爹姓汪，叫欢实……我想向你求婚，我的秘密说完了，你的呢？”

是啊，她的秘密是什么呢？或许是，她会把这个故事假装成别人的故事那样讲出来。

或许是。

过去的老房/尘封CF

# 妈　妈

文　/　赵雷　民谣歌手　@赵雷Z

在这个世界有这样一个女人，我叫她妈妈。
对镜贴花黄的年纪我没见过，留给我的岁月却是最美的。
儿时，我住在她为我建造的童话王国里，一砖一瓦都可以肆无忌惮地风声水起。长大后，我想把整个世界带给她，觉得她会一直在我身边。
妈妈，真庆幸我是你身上掉下来的那块连心肉！

1

1992年，我六岁，北京的夏天那时不是闷热的，树荫下总有凉爽的风。知了声声叫着，追着我跑。我妈四十岁，正式步入中年，每天忙碌着穿过我家院子里的一棵大柿子树到厨房，给我和我爸准备一日三餐。

六岁，开始长心眼，有了自主意识，觉得都叫妈妈没什么特点，不能特殊到一叫我妈，大家都知道她是我妈，于是不叫“妈妈”，直接叫名——敏子。我爸上来就骂：这孩子，没大没小，哪有不叫妈叫名的。

我妈倒是没那么多讲究，就随了我。我整天“敏子敏子”地叫着，我妈也不嫌烦，每次都应我，弄得我爸更生气。

敏子三十四岁才有的我，说不惯着，也是护得要命，就连吃个苹果，也要给我留最大的。

我最爱敏子给我挠痒痒，粗糙的手在我后背轻轻地划上来划下去，每每这时候，我多动的四肢很快就会安静下来，也会很快进入梦里，但是挠痒痒不能停，一停我准醒。敏子说：雷雷，让妈歇会儿，挠几下行了。
我混蛋地回答：不行，我要挠痒痒。

那时我决定了，挠痒痒是个长期工程，长大了定要找个会挠痒痒的媳妇儿！

2
上小学后，家里设计奖惩制度，每天帮助敏子做一件事，我可以得到两块大白兔奶糖。

“你吃过大白兔奶糖吗？”每次得到糖时，我都迫不及待地含一块在嘴里，然后快溢出口水地问小马哥。小马哥听馋了，直接从我手里抢走另一块。于是，我的奶糖美味之旅戛然而止。

馋解不了，怎么办呢？急中生智，我想到骗敏子的好办法。找来差不多大小的石头，上课时间手不闲着，小小声地都给磨圆了，把敏子藏在衣柜第三层左手边最角落的大白兔奶糖换出几块，糖纸好好地包上小石头，物归原处。

每次，我不多换，就四块，稳、准、狠！自以为神不知鬼不觉。我还每天帮敏子做事，两块奖励和四块调虎离山，美美地享用了五天。第六天开始，石子糖来了，没有香浓的牛奶味道，没有软软地化在口中，我的奖励，变成永久牌石子糖。敏子问我：糖是不是吃烦了？看你现在也不急着吃了，以后妈不买了。

我的眼泪和血吞：我没吃烦！
这叫什么？这叫自找苦吃。

石子糖教育我：骗人害己，我要有耐心每天得到两块奖励的货真价实的大白兔奶糖。

3

因为入学早，自幼多动，上课不听讲，招猫逗狗，睡懒觉。老师总是把我请到讲台旁，以提高粉笔头的命中率。敏子因此成了学校的常客。

那会儿，敏子总是骑着一辆绿色的小三轮车来学校受审。车兜边的铁皮破得就像我踢足球时摔破的膝盖，不忍直视。可她总是不厌其烦地骑这么一辆破烂不堪的三轮车来接我，我躲都躲不开。

老远处就听见她在叫我：雷雷，雷雷。

我净装看不见。

可是我们班和我一起排队放学的女生们可来了劲，纷纷跑过去告状，有的说：阿姨，阿姨，管管你们家小雷雷，他总揪我小辫儿。还有的说：阿姨，他把我桌洞里的方便面全给吃了。

敏子哭笑不得地回复每一位告状的小朋友：回去我给你们揍他。

敏子当然舍不得揍我，于是买来女孩喜欢的小礼物替我道歉。但在这之后，即便不是老师召见，敏子来学校接我的次数也越来越频繁，“雷雷雷雷”的声音成为环绕立体声。我干脆一路奔跑，躲开敏子，一头扎进刺猬河，先游上几圈，来个痛快。

饭点回家，看见我狼吞虎咽，敏子早就忘记要骂人了。

敏子很少发火，尤其是对我。

直到那次真的生气：我偷了邻居家小卖部里的一包口香糖，被她知道后，她拿着扫把一边追一边喊，我只能选择男厕所当最后阵地，没想到敏子一路追进男厕所把我拽了出来，口香糖变成了口香疼。敏子啊，我再也不敢了。

好小猫/顾湘

4

愣头青的青春期，我骄傲地拥有了两枚避孕套——不记得是谁给的了。那时避孕套的意义在一群中学生眼里不是简单的安全措施，而是神秘的力量，含糊且带着诱惑。没有人真正用过，就是揣包里牛气！

男生围在一起斜眼笑着逗弄喜欢的女生，越喜欢越逗得狠，通常以逗哭结尾，谁也没有喜结良缘。

那时的书包各种小兜，二强把避孕套放在最外面的小兜里，他说：最危险的地方最安全。我妈基本不翻最外面。

二货，夹在书里才最安全！结果，敏子考我英文单词，两个避孕套欢快地掉了出来。

“这东西是吉祥物，我们班同学都有。”我脸红狡辩。

敏子说：你还没到年纪，千万别害人害己。

两个套为我带来的结果是每次我离开家时，敏子都要唠叨很久关于我不能和女孩子乱来的问题。这也让我在性方面有了更加传统的意识。

5

淘气的男孩，一路心疼爱护追赶的母亲，一年四季，雪雨阴晴，二十个春秋，我长大了。

肩膀开始宽阔，我的世界被理想和雄心充盈。暂时，忘记了琐碎的生活，忘记了一切，忘记了家。给自己插上一对有力的翅膀，准备尽情飞翔。

借来的七百元，让我一路从北京飞往天堂——西藏。那时，刚开通的青藏线在闪光，声声召唤我。也就是那时，敏子的背越来越弯，她不知道儿子已经飞走，她还每天等着电话，每次一样问：吃饭了吗？钱够花吗？

我在西藏街头的公用电话亭打趣：早吃饱了，在西藏呢，一块来吧？

电话那头一阵沉默，我有点心慌，敏子慢悠悠地说：什么时候回来？

两个月以后，我开始想念家里永远都有的满满的大茶杯里的凉茶；开始想念敏子为我特意去学的宫爆鸡丁；开始想念连排的三间大北屋和敏子嘹亮的歌声。而我，继续一路行走着，在大昭寺晒太阳，在大雪漫天的旷野撒野，咧着嗓子歌唱。

一分钱掰开两半花的敏子让父亲给我打了一万块巨款。已经成人的儿子，她怕饿到了。

敏子，我想家了！

信马由缰的拉萨生活是场必经的旅途，路上的光景人事，一年又两个月后的除夕前，我慢慢地讲给敏子听。

衣服都洗干净后平平整整叠好，透着太阳晒过香喷喷的味道。炖的小块牛肉和宫爆鸡丁配着白米饭热气腾腾地上桌了。

我回家了！

6

2007年的整个春天，我在录歌，敏子在做饭。录好了小样先让敏子听，敏子认真地指指点点，评价都是好听。我也给敏子录了几首：《春天在哪里》、《草原上升起不落的太阳》，真是既青春又有难度。

逢人来我家她就让我给放。先放她的后放我的，邻居异口同声："你儿子就是遗传你的好嗓音啊！"把敏子乐的。她这点小心思，耍得太可爱。

我在家的日子，乐队的朋友经常借口来家找我，向敏子蹭几个包子，吃得满嘴流油。因此，敏子在家最常待的房间——厨房，每天饭香缭绕：不大不小的牛肉馅包子、炉火纯青的宫爆鸡丁、粗细适中的手擀面、一面三个褶的水饺……家像极了一间餐厅，有蒸锅上升腾的温度和和蔼的笑容，有周到细致的服务，有吆喝着"起锅了"的妈妈，敏子！

松散的骨头和胖起来的身体在三个月后又开始蠢蠢欲动。我准备动身去云南，这次敏子没问：什么时候回来?

儿子长翅膀了，敏子很清楚，儿子需要一片世界去看看，去感受。时间没到，他不会回来的。她悄悄塞钱给我，又怕我饿着。

等我再次回到北京，在敏子的眼里我瘦了，在我的眼里敏子老了。她的背真的弯了下去，变形的脊椎和变缓的步伐是张岁月说明书！

敏子问：还走吗?
突然意识到，我急着长大的岁月，成了催敏子老的时间。

我决定，留在北京。

时间是场永远赢不了的游戏。前一秒，你还在嫌弃它的漫长；后一秒，像风吹过的沙城，了无痕迹！

从我睁开眼睛看这个世界起，这个女人就在我身边。

不管我怎样发脾气，这个女人照样给我做一日三餐。

我的每首歌她都认真听过，随口就能哼出熟悉的旋律。

曾经的我以为她不会离开，等我攒够钱买一辆舒服的小轿车，带着她去欣赏她年轻时没机会看的风景。

可终究，没了时间！

这个女人就是我妈——敏子！

沿途 / Fitlea

# 一　路　上　有　你

文 / 大冰　作家　民谣歌手　主持人　@大冰

一般来说，孩子就是孩子，爸爸就是爸爸。
爸爸陪着孩子长大。
稍等，你真以为你爸爸是爸爸啊，或许他也是个孩子。
他和你一样，也需要长大。
或许你这条小生命的存在，意义非常重大：你给了他一个机会，帮他长大。

这篇文章讲了一对父子间的琐事，挺好玩儿的。
70后的父亲，90后的儿子，他们陪伴着对方一起长大。
我没指望靠这篇文章让你醍醐灌顶，或激发你的孺慕之心。
你就当是睡前故事看着玩儿吧，看看个中是否也有你爸爸的影子，或者你自己将来的影子。

1

圣谚90后，国民校草，长得酷似言承旭，但比言承旭结实，有八块腹肌，帅得一逼。这孩子成绩很好，性格极好，温文尔雅暖男一枚，喜欢笑，笑起来天都放晴了。
总之，传说中的好孩子。

我去台北小住，他爸爸阿宏请我吃牛肉面，他带着小女朋友来蹭饭，一见面就张开双臂拥抱我，笑嘻嘻地说：大冰数熟……
熟什么熟？我是块儿牛肉还是根关东煮？
我说：哎哎哎别乱喊，我虽然和你老爸兄弟相称，但貌似也没那么老吧，叔叔二字打死不敢当。你敢再喊我“叔叔”，我立马喊你声“哥”。
他看看他老爸，又看看我，哗地一下笑了。
他说：大冰数熟好搞笑哦。
还喊！
我不理他，转头和他小女朋友打招呼：嫂……子！
小女朋友吓得直摆手，一边往圣谚背后躲，一边说：啊啊啊，你不要吓我啦，大叔。
我说：每一个大叔都有一颗想当欧巴的心。
圣谚笑得更开心了：大冰数熟好好丸啊。
还喊！

阿宏说圣谚晚熟，十七岁时才交女朋友，我大不以为然。他奶奶的，叔叔我二十二岁前连啵儿都没打过呢。一句话出口，他们三个人像看红毛猩猩一样，盯着我傻笑。
我想把面碗泼过去。
阿宏冲我竖大拇指，夸我给爹妈省心，又拍拍我的肩表示安慰，然后指着圣谚说：这小子初恋时差点儿和我翻脸。

圣谚从小就好运动，篮球、棒球、保龄球，只要能扔的都喜欢，因此从幼儿园开始，不管什么项目比赛，老师首选就是他。

因为太热爱体育，所以错过了同龄人应有的叛逆期，他注意力全在运动场上，除了踢球就是打球，各种球他都玩儿命地喜欢，就是不去注意女生们胸前的那对球。
他白白浪费了慕少艾的年纪，翘课、抽烟、交女朋友他都没试过，这在时下的台湾实在是个罕见的个例，同学觉得他只会打球太老土，他自己混混沌沌的，几乎不自知。
阿宏旁敲侧击过两次，很开心地发现宝贝儿子没遗传到自己的早恋基因。
阿宏十四岁破处，二十一岁结婚，二十二岁有了圣谚，深受早恋之苦，饱经围城沧桑。
圣谚的混沌状态一直持续到高中二年级他参加学校热舞社后——阿宏鼓励他去参加的。
圣谚能单手倒立，还能只靠手腕的力量横在立杆上当人体鲤鱼旗，他的开度、力度、柔韧度都异于常人，跳起街舞来帅得一逼，故而迅速吸引了无数女生的目光。
他一倒立，台下的小女生尖声尖气地喊：哇……腹肌耶！
他一个后空翻，台下的小女生立马发疯地喊：受不了了啦……陈圣谚我爱你！

挤在台下看街舞的女生，比蹲在篮球场旁看打球的女生热情多了，也主动多了，动不动就尖叫，叫得人毛孔舒张，浑身舒泰。
他只是晚熟又不是真的傻，恍然大悟后猛然开窍，从此移情别恋爱上了跳舞，再难的舞蹈动作也信手拈来，腾挪转移，街舞跳得和耍杂技一样。

话说，大部分文艺青年的艺术人生貌似都有类似的原动力。
只不过当年是吉他，当下是Locking而已。
时代不同了……文艺青年会街舞，谁也拦不住。

饮食男女是天定的法则，早到晚到都是自然规律。阿宏以为圣谚对舞蹈的热情和体育无二，却并未洞悉二者初衷之大不同。阿宏还没做好心理准备，圣谚已风驰电掣般地长大了。

十七岁的某一天，圣谚很严肃地站到阿宏面前，问他能否抽点时间，因为有人想见见他。
阿宏从一堆文件里抬起头，问来者是谁，怎么那么大牌都不预约的？
圣谚回答：我女朋友。
阿宏当时的反应是完蛋了……
僵了三分钟后，阿宏说：好吧，明天一起喝茶。
圣谚说不用，人就在楼下。当时一道凉气就从阿宏的尾骨蹿到后脑勺，他结结巴巴地说：那那那那赶快叫她上来啊！
圣谚慢悠悠地走下楼，阿宏冲进洗手间，洗脸，深呼吸，对着镜子调整僵硬的表情。

圣谚和他所谓的女朋友进屋了，阿宏一脸的面无表情，装得貌似黑社会的兄弟。圣谚主动先介绍：爸爸，这是我女朋友。
阿宏从心窝窝里拱出一句话，舌头没拦住，牙齿和嘴唇都没拦住，他硬邦邦地问：你们……上床了没？
当时圣谚低头温柔地说：靠……老爸，能不能别闹？
阿宏还没回话，女孩倒是搭腔了：叔叔放心，我们都未满十八岁，我们知道未成年发生性行为是不对的啦，请相信我们的交往还没发展到那个程度。

阿宏不语，直接起身离开。
没一会儿回座，同时拿了饮料给女孩。圣谚说怎么没我的，阿宏回答：你有见过爸爸给儿子拿饮料的吗？
圣谚不服气，指着他的所谓女朋友问：拿给她的时候顺便帮我拿一瓶又会怎么样嘛。
阿宏大义凛然地回了一句：不一样！
火药味儿一下子充斥了小客厅，圣谚梗着脖子问：有什么不一样？
舌头没拦住，牙齿没拦住，嘴皮一启，阿宏突然冒出一句话来：你是儿子，她是马子。
……结果安静了约十分钟。

当晚，圣谚质问阿宏为什么第一次见面就问上没上床的事。
阿宏很不客气地反问他，为何不去追学姐而非要追个小学妹。
圣谚纳闷，问为什么。阿宏教育他说：学姐至少满十八岁，真上了床了对方若有问题你才十八，我可以告她诱拐性侵未成年少年，至少我不用负责任，你也有了性经验……
圣谚叹了口气，很包容地看着阿宏，看得阿宏心里发毛。

阿宏辩解说：……哪个爸爸不自私？
圣谚拍拍阿宏的肩膀，说：没关系，我懂的……
阿宏悲欣交集地琢磨：到底谁是儿子谁是爸爸？

圣谚说懂，是真的懂了。一直到圣谚二十岁之前，阿宏都很肯定他绝对是处男，证据来自于房间的垃圾桶。
有一个时期，他没事就去扒拉扒拉圣谚房间的垃圾桶，去量化计算纸巾团的个数，然后推理判断。
偶尔有几次被圣谚逮到，他腆着老脸给自己找台阶下，圣谚不说什么，只是充满理解地叹口气，仿佛逮到一个偷玉米的熊孩子。

2
圣谚就读台湾大同大学，主修机械专业，大二。
阿宏说，圣谚开窍晚，学业蛮吃力，小学上了四年才第一次拿到奖状。他高兴坏了，举着奖状从学校一路跑回家，一直举到阿宏鼻子底下来。

那是张当年台北县县长颁发的奖状，阿宏用两根指头夹过来，轻轻地瞟了一眼，他说：奇怪咧，上面写的又不是我的名字，你举给我看干吗？
圣谚咧着嘴笑，说：是奖状耶，是我第一次得到奖状耶，很厉害耶！

阿宏也笑，拍拍圣谚的脑袋，说：那要恭喜你喽，但我觉得吧，你自己知道自己很厉害就可以了，完全没必要向别人证明你自己有多厉害。
阿宏手腕一翻，奖状轻飘飘地飞到了地上，飞出去一米远。

圣谚生气、跺脚：这是县长奖给我的哦……不等他说完，阿宏笑嘻嘻地打断（一般父亲都有这特权），他对圣谚说：他奖你，是肯定你的课业表现，你又不是做了什么好人好事或是干了什么大事。县长就给你一个人奖状啊？全世界就你一个小学生啊？

阿宏对圣谚的教育很特别，从小到大，他从没说过“你看别人家的孩子……”之类的话。他的理论很简单：你又不是看着别人活，你又不是活给别人看的。

圣谚无话，此后再没提过奖状之事，阿宏也不知圣谚之后还有没有得过奖状。他心里琢磨：估计这小子肯定想着若再拿奖状给他，也只是被扔到地上，干脆就收起来算了。

每个父亲其实都会背地里去儿子的房间翻抽屉，阿宏也不例外。
果真没错……还是陆续有奖状入抽屉，阿宏一张张地翻看着，仔细端详，连细纹都不放过，甚至偷偷拿出两张来现给自己的朋友看，一帮大老爷们端着啤酒围着奖状，对印刷质量品头论足一番。
朋友说：阿宏，你儿子真厉害，我儿子上学到现在一张奖状也没给我拿回来。
阿宏脸都要笑烂了，完全忘了自己教育圣谚的那些至理名言。

他还曾经偷偷给校方打过两次电话，严肃地指导了人家的工作，要求老师下次发奖状时，把他儿子的名字写得漂亮点儿。
这事校方没公开过，但有段时间阿宏总觉得儿子下课回家都比过去晚。
问了方知，老师莫名其妙地要圣谚协助打扫公共空间，其他同学都是轮流打扫，老师说圣谚扫得干净，安排他天天打扫。
此后，不论奖状上的字写得多难看，阿宏再也不给校方打电话指导工作了。

3
在育子方面，阿宏鬼马得很。
每个出远门的父亲都会给孩子带点儿小礼物，阿宏也不例外，他孩子气重，当爸爸当得很奇葩，从不明着送圣谚礼物，只借。

阿宏在香港的免税店买过一辆限量版四驱车模型，然后郑重地借给了圣谚。
阿宏跟圣谚约法三章：车子坚决不能带到学校去玩，因为同学一定不可能有，如果同学羡慕，回家跟父母吵着要，那会害同学挨骂甚至挨打的。

圣谚郑重地答应了条件，改天就把小车带到了学校——他毕竟还是个孩子。
果不其然，阿宏的判断没有错。
圣谚把车带到学校后，有同学放学后跟妈妈闹，吵着非得要买一样的车子。那位妈妈跑来一看，哎哟，这车见都没见过，经不起孩子的打滚哭闹，那位妈妈当街抽了那孩子的屁股。
和大陆一样，这种事立马由老师通告了家长。

阿宏从没接过孩子下课，隔天下午却出现在校门口，圣谚和同学一出来，阿宏便把他叫了过来，要圣谚把车子拿出来送给那挨揍的小孩。
碰巧对方家长刚刚到来也不清楚什么状况，只看着一位牛高马大的年轻汉子摁着俩孩子的肩膀在说话，于是紧张地呵斥：你你你要干什么！
阿宏说明用意，同学家长客气地说不能要这玩具，阿宏转而要求同学打圣谚两下屁股，否则车子必须送。他一脸诚恳地求人家揍圣谚的屁股，把围观的人都看傻了。
折腾了十几分钟，同学被家长带走了，围观的人也离去了，就剩阿宏和儿子两人伫立在校门口。
阿宏叹了口气，对圣谚说：你连累人家挨了打，现在人家不肯还回来，那只有我来代劳了。
他很关切地问：你的屁股经不经打？

回到家里，阿宏打开电视机，又点了根香烟，圣谚不知道该怎么办，一边担心屁股开花，一边很不自在地到处走动，接着很乖地写作业，接着很乖地吃晚饭，接着很乖地洗完澡……奇怪？圣谚纳闷：怎么还不打我屁股？难道要等到睡着了再打吗？

钝刀子割肉的感觉太难受，他试探性地凑到阿宏身边。
阿宏不看他，只看电视。
圣谚沉不住气了，自己脱下裤子把屁股撅向阿宏。
他怯怯地说：你能不能打得轻一点儿……

阿宏把他拽起来，提上他的裤子，摸了摸他的头，然后说：
你很单纯地觉得车子好玩，把它带去学校给人看，但别人不见得会很单纯地去欣赏，同年龄的孩子一定会有比较心——你有，凭什么他们没有？小孩如此大人也是如此，然后心理就不平衡了，这种不平衡往往会直接导致贪婪。贪婪就是一味去羡慕别人有的，一味只想去拥有，然后不讲规矩和道理地只想占有，懂吗？你虽然没有直接做错什么，但间接促使别人有了贪婪心，乃至给大家都制造了不必要的麻烦和困扰……咱们商量一下，以后就别再犯同样的错了，好吗？

阿宏站起来，自己褪下裤子亮出半个屁股。
他说：你连累别人挨打，理应接受惩罚，但我不舍得打你。另外，车是我借给你的，我也有责任，那就由我来接受惩罚吧。
阿宏啪啪地拍，真打，硕大的黑屁股上瞬间一大片红巴掌印。

圣谚哭了起来，鼻涕过了河。
他哭了一会儿后，从书包里拿出小车子，一边抽泣，一边很坦诚地跟阿宏说：第一次玩这车子时就刮花了车顶，因为不好意思，所以一直没说。
他说：爸爸你原谅我吧，我把你借给我的东西弄坏了，我没能履行承诺。
他说：爸爸你屁股痛不痛？我给你拿冰袋来敷一敷好不好？
阿宏起身，抽屉里取出一片创可贴，他问：车子哪里被刮伤了？
圣谚一指，阿宏迅速地将创可贴摁在车顶上，然后跟圣谚说：没事了，过两天伤就好了。

圣谚拖着鼻涕泡，又哭又笑满脸放泡。
他说：爸爸，你当我是个小孩子吗……
阿宏一边揉屁股，一边正色说：当男人，就应该说话算数，敢作敢当，知耻而后勇。你这么勇敢地承认错误，值得敬佩，我必须奖励你！这辆车奖给你了！

那辆小车圣谚玩了十三年，每过一段时间，就在车顶换上一条新的创可贴。

4

圣诡和阿宏只差二十二岁，他上小学时，阿宏还不满三十岁，一大一小两个孩子颇能玩儿到一块儿去。既然玩儿，难免红脸吵架，圣诡比较让着阿宏，没办法，他老，且是爸爸。

唯独一次，圣诡和阿宏翻脸了，为的是一只爬行动物。

阿宏有一天在茶几中间安了个抽屉式玻璃缸，带回了小石子和沙子并洗了无数遍，然后在阳台晒了好几天，之后把它们铺在了玻璃缸抽屉里。

圣诡兴奋极了，以为要养霹雳无敌真豪情的变色蜥蜴——结果阿宏带回一只小乌龟。

小乌龟是阿宏花了四千元新台币买的，家里人都骂他败家，唯独圣诡悄悄给他使眼色打手势以资鼓励。

旁人都懒得搭理小龟，唯独父子两个人玩得兴致勃勃的。

阿宏跟圣诡说：哎哟，厉害了，这是星龟呢，你看到它背壳上的黄色辐射状纹理没有？星星一样，漂亮极了，平时咱们要记得给它洗澡澡哦……

圣诡问怎么洗，阿宏说：当然是拿牙刷来洗喽……

圣诡谨慎地问：用谁的牙刷？

阿宏和他“石头剪子布”，阿宏惨输。

小龟不知招谁惹谁了，自此一身黑人牙膏味。

阿宏压根儿不懂照顾乌龟的正确方法，他兴致高的时候智商低，各种不靠谱的奇思妙想。圣诡信服他，跟在他屁股后面萧规曹随，各种助纣为虐。

当时夏天，天气闷热，圣诡和阿宏每天结伴洗澡时都不忘带着小龟。

父子俩把浴缸放满凉水当游泳池。水凉，圣诡打喷嚏，继而感冒发烧，打针吃药，传染给了妹妹，又传染给了全家人，最终阿宏挨了爷爷奶奶的痛骂。

阿宏坐在圣诡床头尴尬地笑，圣诡蛮大度，他大义凛然地说：不要管我，你去照顾小龟龟吧。
阿宏端来脸盆，满满的凉水，小龟放到里面泡着，父子俩看着小龟在水里划来划去可爱极了。阿宏问圣谚：看着龟龟划得这么起劲，是不是感觉自己也精神百倍了？
圣谚频频点头，点着点着，一个喷嚏打出半米远。
父子两人看着水中的小乌龟，心中豪情万丈。
他俩不知道小龟是陆龟，正在水中奋力挣扎。
过了一会儿，小龟翻肚皮了，还冒泡泡。
父子俩大眼对小眼，阿宏捞出小龟，水淋淋地塞进圣谚手里，自己夺门而出。
没多久阿宏高举着一只小瓶子回来了，他拿了根细小的管子，从小瓶子里吸了点儿液体喂龟龟服用，原来那瓶是宠物龟的药水。
小龟不张嘴，把阿宏给急死了，用牙签撬开小龟的嘴，让圣谚把药灌进去。
圣谚手一抖，半瓶子药都灌了进去，阿宏喊：完了完了完了，肯定被药死了。
当日，小龟含恨辞世，说不清它是被淹死的还是被药死的。
圣谚狠狠大哭了一场，阿宏陪着他抹眼泪，两个人都是真哭，圣谚哭出一身汗来，感冒好了。

有一个多月的时间，父子俩没互动，阿宏避开与圣谚的眼神交流，因为只要眼神一对上，圣谚的眼眶就泛起泪水，盯着他，眼睛越瞪越大。

阿宏逡巡了很久，找不到机会承认错误。

入秋后的一天，圣谚下课回家，要进洗手间，发现阿宏已经躺在了里面。
阿宏躺在浴缸里泡着凉水，一边咂嘴一边打哆嗦。
圣谚说：老爸，秋天了哎，你很壮喔，泡冷水澡，感冒很好玩吗？
阿宏回答了一句：我在为小龟龟的死而自责。
圣谚不语，尿完了就转身出去。
阿宏在凉水里泡到半死，冻得打哆嗦。
等了半天，圣谚没再进来，他自觉没趣，哆哆嗦嗦地爬出来裹上浴巾。

阿宏讪讪地拉开洗手间的门，赫然发现圣谚立在门前，怀中鼓鼓囊囊地抱着一床棉被。

圣谚用力举起被子裹住阿宏。
他个子太小，只裹住了阿宏的腰。

5
妹妹叫韵如。
韵如出生时，圣谚刚满三岁，妈妈的大肚子不见了，家里多了一位只会睡觉和咿咿呀呀的小朋友，他好奇极了，除了好奇还是好奇。
不管圣谚在吃什么，总是会往那小嘴上蘸一下，韵如还小，不会吃，只会望着他笑。
圣谚爱极了妹妹，只要见到她紧闭双眼，他一定见人就用手指放在嘴唇上用力地“嘘”，生怕吵醒熟睡中的小女孩。

妹妹是圣谚的听众，圣谚总是会跟她说一些阿宏听不懂的言语。阿宏好奇怪，他俩还能对话？他躲在一旁偷听，听了半天也不明所以，只看见两个孩子咿咿呀呀地一问一答。
阿宏总是对圣谚说：别不小心碰坏了韵如，因为不好修。
圣谚把这句话听到心里，天天排除走道的障碍，生怕磕到她，和妹妹玩耍时总习惯把棉被拖出来摊在地上——圣谚那时也还小，只会拖被子，不会铺被子。

从小到大，他都会把好东西留给韵如吃，好吃的、好喝的，有一次还留感冒药给她吃，因为糖衣是甜的。
圣谚上幼儿园时，妹妹每天中午十二点都会爬到门口等他，因为圣谚到家总会第一时间从书包里拿出小饼干得意地赠予妹妹——那是幼儿园发的。
饼干在口袋里已压成屑屑，他搂着妹妹的脖子，往妹妹嘴里倒一口，往自己嘴里倒一口，两个人吃得开心极了，满脸渣渣。
圣谚长大后亦是如此善待妹妹。

有一回，大概半夜一点，圣谚睡眼惺忪地从房间出来，拿着摩托车头盔。阿宏好奇地问圣谚去哪儿，他回答妹妹饿了睡不着。阿宏笑着说：你做梦啊？韵如不是从来不吃消夜的吗？她应该早睡觉了。

圣谚拿起手机给阿宏看信息，上面写着“哥哥我饿得睡不着，今天下课点跟同学去吃了些东西，所以晚餐时间不饿没吃，现在好饿喔”，时间显示五分钟之前。

圣谚出门帮妹妹买消夜去了。很多时候，他对妹妹不是单纯的兄妹情谊，而是表现得像半个父亲一样。

没错，半个父亲，这是有缘故的。

源自一次恐怖的事件。

韵如在初中时发生了一件极其恐怖的事。

她被父亲阿宏打得三天起不了床。

当时她进入叛逆期，结识了一个大她五岁的不良少年，事态刚发端，即被阿宏察觉。

阿宏找到那个不良少年谈判，一同找来的还有那个不良少年的父亲。

他大动干戈，带了二十多个人去庙里，个个文身，全都带家伙。见面后第一句话是冲着那个父亲说的：你教出个不良少年，算不上是个尽职的父亲。

又对那个吓得直哆嗦的不良少年说：你二十岁，我女儿才十五岁，你和她交朋友的目的是什么？！我告诉你，你要是再敢骚扰我女儿的话，我动的不仅是你，还有你爸爸。

阿宏没动手，对方父子却吓坏了，频频鞠躬赌咒加道歉，发誓不再骚扰妹妹。

当天回到家，阿宏动手了。

他抡起皮带猛抽韵如的屁股与大腿，阿宏用的是皮带头，抽得妹妹韵如几乎三天下不了床。阿宏边抽边喊：妹妹你长记性了吗？长记性了吗？

他边抽，边嘶吼着流泪哭号。

长记性了吗？长记性了吗？

圣谚从震惊中蹦出来，冲过来死死护住妹妹，纯铜皮带头落在圣谚的背上，钻心地痛。

圣谚把妹妹的脑袋搂在怀里，死死地护住，两个孩子都吓傻了，忘了求饶。

阿宏满脸泪痕，他收手道：好、好、好，知道保护妹妹……好好保护她！我和你妈妈陪不了你一辈子，你给我记住，这辈子你只有你妹妹这一个亲人，要保护就保护到底！

从小到大，阿宏鬼马，却是慈父，只打过这一次孩子。

这次从未有过的经历改变了圣谚对责任的认知，铭心刻骨。接下来的时光里，他像半个父亲一样操心着妹妹的成长。

事情过去了就过去了，一家人再没提及过这次恐怖的事件。

阿宏没解释什么，也没去安抚两个孩子，他自责了很久。

打妹妹的深层次缘由他无法开口。

很多事情他无法对当时还年幼的儿子女儿说明。

6

该怎么解释？没办法解释。难道要告诉孩子们，他们的父亲其实一度是个混蛋吗？

阿宏曾经历过一个糟糕的青春期，混蛋得要命。

他所秉承的教育理念，其实是以己为鉴。

阿宏把自己青春时的影子投射到圣谚身上，一切都反过来。他把自己曾做过的错事反过来影响圣谚，期待映照出一个不走弯路的圣谚。

阿宏小时候家境不好，除却和一户邻居大伯家交好，常被其他邻居调侃数落，各种瞧不起。

爷爷奶奶年轻时就吃全斋，一辈子特别善良，阿宏是家中第一位男丁，所以不论做错什么，爷爷奶奶总是以原谅来替代责骂，对人对己都秉持忍耐。

这样的家庭易受欺负，阿宏从小没少受欺负。邻居大伯教他要有志气，寒门出才俊，他不以为然，从小的志向就是要混社会做坏人。

他厌学，架打得凶，从小到大混兄弟，坏得无可救药。
阿宏书包里的课本永远是新的，铅笔盒里没笔，全是香烟。
同学们最担心的事就是中午吃盒饭时阿宏的巡视，他总是拿鸡蛋跟同学换鸡腿，硬换，不换就抢，土匪一个。
初中二年级时，阿宏做了一件当时轰动全校的事，阿宏被学校的训导主任、班级导师、警察扭送回家。
路途中阿宏身上只裹着一床被单，其他啥也没有，进家后爷爷奶奶都傻了！
原来阿宏有一个多月没去上课，理由是生病，导师也不知道病得有多严重，于是来家访，爷爷奶奶这才知道这小子旷课一个月了。老师在班上从一位同学那里得知阿宏的行踪，貌似躲在一个女学姐家。
因为涉及进入民宅，于是委请警察陪同，警察破门而入时，阿宏与一女孩在屋内正忙着，一丝不挂……阿宏被裹上被单，游街回家。
家人已威慑不了他，邻居大伯出马训诫。他裹着被单冷笑，就一句话：有什么大不了的?
他十四岁，胆大包天，坏透了。

他还偷钱。
大姐年长阿宏四岁，在学校是班长也是总务股长，代管班费。姐姐书包里总有一个小钱包，放得特别明显，她刻意放的，为了方便阿宏偷，阿宏偷走的班费，她自己想办法弥补。
姐姐用心良苦，希望阿宏只偷自己的，别偷到外面去。
阿宏不成器，越偷瘾越大，直到有一天奶奶发现钱少了，是阿宏偷的。
姐姐斥责阿宏，泪珠整串滚落，十几岁的女孩子，伤透了心。

阿宏转过学，原因特别扯，考试成绩太差老师拿藤条打，他从老师的手上抢走藤条，满学校追着老师抽，抽得老师边跑边哭。

事儿闹大了，没有学校愿意让他就读，邻居大伯动用人脉出手相助，勉强接收他的学校让他签合约，第一条内容就是不准打老师。

他不想在学校混了，觉得没意思，扭身混到了街面上，抽烟、泡妞、混兄弟，随身带扁钻，磨得铿光雪亮，什么架都敢打，他手黑得很，扁钻专插人屁股。街上遇到邻居大伯，他叼着烟打招呼，大伯扭过脸去，不想和他说话。

勉强上到高中，他跑去承包舞厅，为了挣钱和泡妞。
舞厅一天收入四五千新台币，这是个不小的数目，却不够挥霍。他那时手下已经有了一帮小弟，开销大，人人都吸食大麻。

地下舞厅的环境鱼龙混杂，阿宏接触的人五湖四海，磨出了一副天不怕地不怕的胆子。
他不甘心只挣小钱，开始贩枪。
一把左轮手枪进价十万新台币，倒手就能再挣上十万，上家老大需要交人充数，他被警察钓鱼，锒铛入狱。
出了这样一个逆子，家人绝望了。家人不明白，吃斋念佛怎么换来这么个结果？阿宏阿宏，我们到底是做错了什么，到底欠了你什么？你是来讨债的吗？
家贫，砸锅卖铁也救不了他。
任他去吧，只当是没生过这个孩子。

贩枪是重罪，势必重判，阿宏的人生毁了，这几成定局。
但没承想，几天后阿宏被捞出来了。
邻居大伯当时是“国大代表”，有些能力，他念在从小看着阿宏长大，于心不忍，故而自掏腰包上下打点，花了近百万捞出阿宏来。

阿宏被直接送进兵营里避风头，他岁数到了，该服兵役了。
家里没人去探望他，这个混世魔王既然命数未绝，就让他自生自灭吧。大伯也不接他的电话，还有什么好说的？众人皆已仁至义尽了。

那笔钱他没机会还，他当兵的第二年，邻居大伯死了。
邻居大伯临终前专门召回阿宏：钱不要还了……我要死了，以后没人再帮你了……别再犯错了，乖一点吧。
邻居大伯挥挥手：你走吧。
他不想再看到这个让人失望的孩子了。

一瞬间，阿宏懂事了，他跪到床前，痛哭流涕，悔恨翻天覆地席卷而来。
磕头如捣蒜，他泣声嘶吼：我错了我错了我错了……
他泪流满面地问：晚了吗？晚不晚？我现在知道错了晚不晚……
他从小坏到大，临近成年时才知错了。
不停地磕头，不停地问，问自己、问旁人，无人应声，没人回答他。
有人把门打开，示意他离开。

7

叛逆的青春好似一本必须完成的暑假作业，做完了方能升入下一学期。每一个叛逆的孩子都一样——不论需要浪费多么漫长的时间用来彷徨，终归可以遇到几个瞬间用来成长。
浪子回头，阿宏决心不再走偏门。
他想挣钱，想挣大笔大笔的钱养活家人弥补家人，他想赎罪。

退伍时二十岁，阿宏独自一人走在忠孝东路四段，边走边思考，走着走着，发现了满地的钱。
台湾的经济正在起飞，整条忠孝东路却全是破旧的老房子，台湾的房子产权私有，政府不可能拆，但将来一定会改造——光这一条街的外墙改造，工程量就大得惊人，同样也有利可图得惊人。
于是，阿宏二十岁时入行建筑业，梦想着靠改造台北的老街挣大钱。
这番雄心壮志持续了很多年，用他自己的话说：结果他妈的忠孝东路过了二十多年也没改造过，当年多破现在还多破。

改变不了忠孝东路，却一点一滴地改变着自己。
他逼着自己沉下心来过日子，二十一岁结婚，为了让家人安心；二十二岁生子，为了让老婆安心；二十三岁代理建筑材料，逼着自己创业；二十四岁领着整团的客户隔山跨海去欧洲考察，一个人跑前跑后累到吐血。
他死命打拼，想弥补往昔造下的孽，却依旧在无数个午夜无法入眠。
悔恨历久弥新，硌着他，针灸着他。当初怎么会那么无知那么混蛋，怎么会伤过那么多人的心？若青春能重新来过该多好，若能从一开始就当个好孩子那该多好。
他过不去心里的那道坎，安眠药最初吃一片，后来是一板，一吃就是许多年。

多努力一分，家人的衣食就多一分保障，这成了他的信念和动力。
圣谚满五岁时，阿宏二十七岁，他把生意做到了海峡对岸。
深圳、珠海、武汉、上海、北京、长春、大连、西安、苏州、昆山……为富士康盖过厂房，给华硕电子搞过土建。当年大陆对外只开放了两张一级土建资质的证照，他的公司是其中一家。
建筑行业之外，他还给大陆数家五百强企业当过董事长顾问，负责风险管控。人家商务谈判时，他坐在一旁听，从不发言，只私下递纸条。他从小坏到大，坏得炉火纯青，对方若在谈判时玩猫腻，往往被他一眼识破。

和其他乐不思蜀的台商不同，他回台北的次数简直太频繁，不是回去处理业务，只为了多点儿时间陪伴家人，圣谚慢慢长大了，他要回去陪圣谚。

他生恐儿子会重蹈自己的覆辙，殚精竭虑地扼杀一切不良的可能性。他深知苛刻和斥责会适得其反，于是用自己的鬼马方式一点一滴地影响圣谚。

阿宏尤其在意圣谚的金钱观，用尽鬼马的方式培养他抵御天上掉馅饼的诱惑，每个买给圣谚的礼物，他都只借不送，不希望儿子养成走捷径不劳而获的心态。
他冻自己，洗冷水澡，他打自己的屁股，为的就是让圣谚能明白责任、义务的分量。

他少年时用扁钻扎人，刀刀见血，圣谚却从小到大没打过一次架，不是不能打，是不屑打，因为从小被他灌输了一番结实的理论：没本事的人才靠拳头开路，没脑子的人才用拳头说话，自卑的人才会打架，真正强大的人，不动拳头。

阿宏唯一的那一次打妹妹，是生恐子女重蹈覆辙，误入歧途。过后他自责了许久，他无法开口向尚年幼的子女讲述自己不堪的过去，以求理解。那是他罕见的一次失态。

他从十几岁就开始抽烟，继而抽大麻，他不想圣谚沾染恶习，煞费苦心地制订战略。

圣谚升初中时，他买来小鱼缸当烟灰缸用，里面放了水，烟灰、烟蒂淤在其中，屎一样的恶黄。

圣谚恶心坏了，经常抱怨，越抱怨他就越变本加厉，客厅放一个，浴室也要放一个。

圣谚从恶心变为讨厌，继而延伸为恐惧，只要看到烟灰、闻到烟味就会焦躁不安，任何场合只要有烟味，都会捏着鼻子起身离去。

从初中到大学，不是没有人怂恿圣谚，但他从不肯学着去抽烟，别人也没有机缘诱他吸食大麻。

圣谚十几岁时慢慢懂事，不知从哪里得知了一点阿宏的往昔，跑来问他当年是不是开过地下舞厅。

那段岁月实在是不堪回首，绝口不提不是办法，阿宏打着哈哈包装自己，他把地下舞厅说成舞蹈培训班，吹牛自己曾是个舞蹈高手。

他对圣谚说：你觉得自己打篮球，体能厉害是吧？其实根本没有我当年跳舞时的体能厉害。

他吸腹，装模作样地摆姿势，圣谚真信了，崇拜得要命。阿宏假装遗憾地说，自己有一个遗憾是没能坚持跳舞，过早地放弃。

圣谚动了心思也要学跳舞，对阿宏说：老爸，我来替你圆这个梦。

圣谚不知道面前这个“舞蹈高手”曾因贩卖左轮手枪而锒铛入狱。

阿宏十四岁时和学姐上床，过早地尝禁果遗毒无穷，他终身后悔不已。
饮食男女，人之大欲，凡人无法抗拒性的诱惑。圣谚越长越帅，阿宏怕死了，怕他学当年的自己。阿宏做梦梦到圣谚导致别人意外怀孕，然后回家要钱打胎，醒来后气个半死，边气，边冥思苦想预防的对策。
他跑去问圣谚会不会下载A片，有没有看过A片，拿来一个500G的移动硬盘，告诉圣谚，如果想看A片的话，他免费提供。
他对圣谚说：对性爱的摸索全是没有意义的，不如直接看A片学习，又安全又卫生，还能省下开房的钱。
圣谚除了羞涩就是羞涩，他错愕怎么阿宏这个当爸爸的这么不正经。
阿宏步步为营，以负责任的口吻来塑造圣谚对性的认知，说：性，不能自私，要站在对方的角度，去满足对方的需求，那才是有意义的。所以在没有做好万全准备之前，最好别丢人现眼。

他建议圣谚注意身体的干净，甚至建议没事喷点儿古龙水，理由是随时保持一个好的状态，万一有机会碰到突如其来的激情，做好被“临幸”的准备。
阿宏提着一颗心，以毒攻毒，圣谚还没成年，要是真被临幸，他跳楼的心都会有的。

当爸爸的先把禁忌戳破，当孩子的也就对性不抱什么太大的神秘感了，他的计谋奏效，圣谚羞涩之余反而不太去琢磨那回事了。

恋爱还是要谈的，圣谚十七岁第一次交女朋友就领回家给阿宏看，阿宏吓死了，以为自己挖坑自己跳了，张嘴就问这对小情侣有没有上床，结果圣谚拍着他的肩膀说：没事的，我懂的。
阿宏老脸涨红，仿佛存在不安全因素的不是儿子而是爸爸。
阿宏提着一颗心，一直提到圣谚满二十岁的那一年。
他干了一件事，公开在网络上贴了段话给圣谚，不仅圣谚能看到，圣谚的每一个同龄朋友都能看到。他是这么写的：

儿子，这是在你二十岁到来前，老爸送给你的一段话：

人生都会有必经的成长道路，一生中有很多第一次，很多人的第一次通常都因为没有获得鼓励，而影响了一生的幸福。我不希望你的人生不幸福，所以有些事总不厌其烦地对你阐述，但是儿子，有些事还是需靠自己摸索的。

关于“处男”一事，希望儿子你能碰到一位会鼓励你、会对你负责任，且不会在你心中烙下阴影的女友，与你步向你人生的另一个开始。

我想说的就是这个！

也希望有机会对圣谚下手或计划下手的“某人”，别太狠，能怜香惜玉，那么圣谚接下来的人生将有蓝天与艳阳陪伴。

希望你们的第一次能顺利成功，不要害怕挫折，不要因为第一次的挫折而步入彩虹的故乡！（注：“彩虹”一词在时下台湾又指同性恋。）

最后，儿子，真心传授给你一个宝贵的经验：矜持是要的，但也别太矜持了！

老爸就不为此事给你剪彩了……祝福你幸福快乐！你懂的。

老爸字

8

阿宏和圣谚是再寻常不过的一对父子，没有什么惊天动地的故事，若你觉得这篇文章平淡琐碎，我表示抱歉。

其实真实的人生本就琐碎，如何去桥接、过渡、贯穿，看你自己的喽。

每个人都是编剧，每个人都是导演，每个人都是主演，一定的年纪后，每个人也都是自己的观众。

想演什么样的戏看什么样的戏，你自己说了算。

真实的故事自有万钧之力，潮来汐往，心心念念，当作如是观。

阿宏和圣谚的小故事还有很多，不是短短一篇文章能容下的，打住吧，不写了，结尾结尾。

阿宏是和《艋舺》同时代的人，他在《牯岭街少年杀人事件》那样的环境里长大，剧中的人是什么样子的，他就是以什么样子生长的。

若杨德昌续拍“牯岭街”，钮承泽续拍《艋舺》，他们会如何去讲述那些少年的后来呢？

2015年6月10号，阿宏将满四十五岁，照他的话来说，折腾了四十五年，明年终于要真正长大了。
他一点儿都不害羞，说得天经地义的。

你知道他为什么会这么说吗？

9
圣谚，关于你父亲的过去，我想你应该并不知情。
就像你一直搞不懂他为何从小到大在你面前总是那么鬼马。
你或许并不知道，你身上能找到的所有的优点，其实对照的都是你父亲当年的缺点。

圣谚，你很懂事、很乖，你的父亲阿宏对你的当下非常满意。他说能陪着你长到今天，他已经很满足了，仿佛看着另外一个自己重新长大。
他说他陪伴不了你一辈子，他说自己四十五岁后不会干涉你的任何决定，地基已经打好，愿望已经完成，他死而无憾了。
你的父亲阿宏说这番话时，我和他站在台北101大厦最高层，脚下是车水马龙的信义商圈，满眼是灰色老楼和玻璃幕墙的新大厦，毗邻交错，接力生长。

每一个孩子背后，都有一个用心良苦的父亲。
圣谚，你背后也有一个用心良苦的父亲。
你身上还有一个重生的父亲。
你的父亲用他自己的方式缝补着残酷青春留下的创口，你今年多少岁，他就已缝补了多少年。

圣谚，爱回忆是人变老的标志之一。上次我去台北小住时，与你父亲有过那一次长谈，我与他相识十年，第一次听他回首往事，不禁心下戚戚然。

他嘱我把这些往事写下来，希望对业已成年的你有所裨益。前路茫茫，他希望独行的你能继续走好。

有些话他不好意思说出口。

他让我代他谢谢你，谢谢你的存在，谢谢你对他的爱。

圣谚，我记得我们之间是有个约定的。

我在台湾辅仁大学开讲座时，邀你当现场摄影师，你端着那台打工挣来的单反相机站着拍、坐着拍、躺着拍，两个小时的讲座，拍满了两张存储卡。

好小子，好认真啊，好样的。

我记得演讲结束时，我说：下次我再来台湾时，打算组织一次摩托车环岛卖唱，欢迎大家踊跃报名。

当时我用手指点了点你，你举起双手，冲着我比出两个“OK”的手势，满脸的灿烂。

喂，小子，咱们几时出发？

想想就让人开心。

香蕉、稻米、福尔摩撒，重型机车挟着阿里山的风，尾旗啪啪作响……

叔叔我没有国际驾照，无法自驾，只能坐后座，但不是500cc以上的机车我不坐……不是长发漂亮MM当骑手的机车我不坐。

阿宏一定很眼馋。

把他也带上吧，让他也坐在后座上。

圣谚，你载着他。

Isolated Landscape/杨云鬯

# 别　　怕　　有　　我

文 / 马叛　作家　@天涯蝴蝶浪子

二姐十六岁的时候开始整容，一开始只是微调，后来动作越来越大。有天我在回家路上看到一个美女，鲜艳动人，就忍不住吹了个口哨，结果对方来一句："傻冒快过来！"

我这才发现那是我二姐。

她出国玩了几个月，回来整得连亲弟弟都认不出来。怕被爹妈骂，就在路边徘徊要不要回家，刚好就遇上我了。

"你这次下手有点狠啊，整成这样爹妈还敢认你吗？"

"滚蛋，吃翔了吗？嘴这么臭。"

"你让我过来的！"

"我让你死你去不？"

二姐就是这样，跟我说话从来没有温柔可亲过。别人见面都是问"你吃饭了吗"，她总是说"你吃翔了吗"，搞得人没一点想要跟她聊下去的胃口。但我还是很喜欢跟她待在一块儿，不仅仅是别人打我的时候她总替我挡着，更主要是我欠她一条命。

在我们那儿待过的人大都知道，那个地方的人天生爱攀比，隔壁家生三个孩子的话自己生两个就会觉得低人一头。隔壁家全是男孩自己都是姑娘的话也会不好意思去借酱油。

我出生之前，爸妈一直活得很自卑。因为第一胎是女儿，第二胎又是。我妈生第二胎的时候正赶上计划生育的“严打”期，这边正使劲往下生呢，那边一群人已经在砸门。也幸好当时我爸正在剥兔子皮，计划生育的人砸门进来之后我爸就往血淋淋的兔子身上一指：“刚生下来就死了，你们要的话就拿走吧。”

在死兔子的帮助下，二姐也算是来之不易。但爸妈丝毫没有要珍惜她的意思，他们一心想要男孩，生出来一看是女孩，两人就面面相觑，觉得很对不住对方，造人的时候光顾着痛快不知道配合，现在后悔已经晚了。

为了挺胸抬头做人，父母决定再生一胎。因为已经对计划生育的人说二姐死了，所以一生下来二姐就被送到了新疆，让外婆暂时养着，伺机送人。新疆人口少，要送人的话还是很方便的，但外婆心软，养到三岁还没舍得送出去。

小孩子没记性的时候好送，长大了就没人要了，因为孩子记得人和路就很难忘掉，别人也不想含辛茹苦把孩子养大了，孩子却嚷嚷着要回去找亲妈。

等到我出生的时候，二姐已经四岁半了。没我的时候爸妈还想着万一怀不上了就把二姐接回来，等到怀上我生下来一看还是朝思暮想的男孩，爸妈送二姐出去的心就坚不可摧了。但外婆那关不好过，只能借着春节把二姐接回家玩，然后悄悄送人。

可惜后来还是被外婆知道了，她连夜坐火车赶到收养二姐的那户人家里，把二姐要了回来。虽然这事儿我也是后来听妈妈说的，但每次一想到白发苍苍的外婆从新疆到长春，来回坐一百多个小时的火车接二姐的情景，我就感到很心酸，如果我死活不出生，二姐也许就可以逃过被送出去的命运，外婆就不会在长途跋涉之后生一场大病。

后来外婆的病好了，身体却变差了，二姐七岁的时候外婆去世了。爸妈只好交了一笔罚款，把二姐接了回来。但是因为长期不在家，二姐跟家里人都没啥感情，对我更是恨之入骨，因为在她看来，如果不是我出生，也许外婆就能多活几年。在她眼里，外婆才是最亲近的人。

二姐回来后，爸妈被罚得特别惨。为了多挣点钱养家糊口，他们经常不在家，大姐要上高中，于是我就由二姐带着。二姐为了我被迫晚了三年上学，一直到十岁才跟六岁的我一起去读小学一年级。

因为心里带着恨，带我的时候二姐也不正经带，总是动不动就伸手把我胖揍一顿，我哭得太难看了，又会拿糖给我吃。久而久之，我面对她的时候就很迷茫，不知道她是要拿糖给我吃，还是要把我胖揍一顿。这一招对付熊孩子特别管用。后来大姐生了孩子让我带，我就用姐传秘方来带他，闲着没事一会儿打他一顿一会儿拿糖给他吃，他看到我的时候永远是迷茫的，不听谁的话也不会不听我的。这一招据说最早是蒋介石用来对付下属的，打一巴掌给一个甜枣，恩威并施，让你永远想吃甜枣又怕巴掌，怕巴掌又想吃甜枣。久而久之，畏惧心和依赖感就都有了。

不过那时候我懵懂无知，真正跟二姐的关系转变是在我十岁那年。姐姐跟男生出去玩，夜不归宿，爸爸知道后气惨了，拿拖把打她。我仗着是家里最小的孩子，又是男孩，父母宠爱，就在关键时刻冲上去替她挡拖把。爸爸一拖把抽在我身上，心疼死他了，之后也就光顾着给我搽药，不再计较她的事情。

从那以后二姐对我就明显不像过去那么随便了，但因为她自小就爱美，一脸鼻涕的我在外面还是很招她嫌弃的。每次上学都跟我保持一段距离，在学校也是对我不理不睬，除非有人打我了她才站出来跟人拼命。有时候我问她为啥要这样，她的回答永远是：因为你是我弟弟，只能我一个人打。

二姐十六岁的时候开始非常叛逆，因为在寄宿学校读书，家长鞭长莫及，她经常逃课，去美容院打工，有了第一次整容的经历。一开始只是动动眼皮，后来把五官整了一个遍，垫鼻削下巴隆胸抽脂开眼角开嘴角样样都来。甚至连并不算畸形的牙齿都打乱了重新排序。

因为五官都是整的，特别不牢靠，我特别害怕她哈哈大笑的时候下巴突然掉下来，或者打个喷嚏鼻头飞出老远。

而且不光我自己害怕，她也担心，每次跟特别幽默的人在一起吃饭的时候她都捏着脸，因为她笑点非常低。对别人她都是说怕笑多了会长皱纹所以捏着脸，只有我知道她是担心笑着笑着五官变了样。你脑补下吃饭的时候别人哈哈大笑喷你一脸牙的情景，就能体会到我坐在她面前吃饭时心里的感受。

二姐靠整容成为校园红人之后，就退学了。因为老师也认不出她，每次点她名字她回答“到”的时候，老师都冤枉她说她替别人应“到”。她一生气就退学了。退学后在社会上混得也不好，靠着整容整得好看，给人做做车模和平面模特什么的。在国内做模特，都不能穿太多，她那些暴露的照片被亲戚朋友看到了，总会招来一片责难。但她永远无所谓，她说反正过几天她就变样了，照片上的这些都是昨天的她。

因为她是我姐，不管在外面别人怎么说她，我都只能站在她这一边。但实际上我也有点反感她整容，每次她整容前都会问我：“你看我的鼻子是不是不够翘，嘴巴是不是有点小？”

说实话，就像一个汉字你盯着看久了会觉得不像一样，人的五官如果你带着挑毛病的心态去看，看久了也会觉得不协调。

但我还是会昧着良心说：“姐你已经很好看了，比我好看多了。”

不过不管我怎么说，二姐都只是暗示我一下，然后立刻就行动了，从来不真正采纳我的意见。她这样对自己乱来，经常会让我做同样的噩梦。

梦中就在我老家的堂屋里，她坐在屋子中间，背对着我，看一台满是雪花的电视，我很怕她转过头，让我看到一张支离破碎的脸。

每次做了噩梦我就劝她，人这一辈子，只能从镜子中看到自己，不管你多么漂亮，都是给别人看的。何必为了让别人看着舒心，把自己搞得这么累呢？而且整容不仅风险大还费钱，后期要定时做保养，跟玩车一样。二姐辛辛苦苦挣的血汗钱，全在医院里糟蹋了。但她不以为然，还经常自嘲说："我这辈子，去过的高消费场所只有医院，拥有过的奢侈品只有弟弟。"

这倒不是她乱说，我们长大后，人们的觉悟似乎是在一夜之间提高了，大家都不再以生子多少论英雄了，甚至生太多的还会被邻里鄙视责骂，说他们拖了发展的后腿。因为我改名之前就叫马发展，所以每次他们说到谁谁谁家超生了，拖了发展的后腿的时候，我就不自觉地会摸摸自己的腿，摸到裤子和腿都还在，才放下心来。

后来我们俩都离开了家乡，到北京上海这样的大城市生活，渐渐发现这里似乎全是独生子女家庭。跟我们同龄的人也很少有哥哥姐姐弟弟妹妹的，每次她跟她的姐妹去吃饭，吃到中途都会有人说，把你弟弟叫来看看吧。就像在谈论一件稀罕物。

其实弟弟这种存在，只会花姐姐的钱，帮不上姐姐多大忙。但说矫情点，一日为姐，终身难负。只要她还没找到那个"免她惊、免她苦、免她四下流离无枝可依的男人"，我就得一直陪着她等下去。

不过这么多年过去了，随着科技和医学的进步，二姐整得越来越好看了。有时候她甚至会怂恿我也去整一整，她还经常会拿那些长得好看的作家举例，说你不是写小说的吗？整得好看了，书都能多卖两本。

我虽然面对她的时候还是很茫然没有主见，但我毕竟长大了，不会真听她的让别人在我脸上动刀子。身体发肤受之父母，我的传统观念还是很重的。而且我觉得虽然变好看了，二姐却并没有因为这份好看而变得更加自信，她还是那个经常会哭泣，经常会站在街头不知道该往哪边走的傻姑娘。她还是担心会被别人嫌弃。

她之所以不断地在脸上身上动刀子，究其根源，还是因为爸妈在她小的时候给她心里丢了太多刀子。所以长大后她就拼命地想把父母给她的身体还回去，我可以不吃你的不用你的，你还要怎样？要我的身体吗？好，我一刀一刀割下来。她表面整的是容，实际上整的是心。但容好整，心难变。不管她假装得多么坚强冷酷，心里还是柔软地渴望亲情。

就像这一次，爸爸生日叫我们回来，如果不是我在路上遇到她，她可能走到家门口看两眼流下几滴泪就离开了。从她退学以后，爸妈就跟她争吵不断，爸爸几次扬言要跟她断绝父女关系，她也渐渐地从过年回家一次到过很多年都难得回家一次。

而且不光是爸妈，大姐也视她为耻。尽管她后来实现了模特梦想，跟她整容离不开关系，但在爸妈和大姐那里始终还是不认可她这种行为。用妈妈的话说就是："她一点也不像我们家的人，该不会是送去你外婆那里的几年被人掉了包吧！"

可是不管家人怎么说，在我心里她还是我骄傲任性勇敢又脆弱的二姐。为了避免她再半路跑掉，我直接揽住了她的腰："刚好爸妈让我带女朋友回来，你就假扮一下我女朋友吧！只要你说话小声点，他们绝对认不出来。"

"滚蛋，万一被爸妈发现了怎么办？"

“不用怕，出了事有我兜着。小时候在学校都是你保护我，现在该我保护你了。”说着我就硬揽着她细嫩的腰往家里走去，从倒影里看，我的背影要比她高大好多好多。她似乎也感觉到，过去那个总是流着鼻涕追在她后面要糖吃的弟弟，已经长大了。

远大前程/陈觉

玉米地里的车站/老飘飘

# 属　于　别　离　的　四　个　词　语

文 / 辉姑娘　作家　@辉姑娘的夏天

认识小信是在大二的夏天。那时候广院门口有个叫“西街”的小市场，破破烂烂的，生意却特别火爆。一群小商贩每天蹲在街边卖各种吃的喝的及文具，赚学生们的零花钱。

我还记得刚上大一的时候街口有个卖青菜肉丝炒饭的，连个店面都没有，老板全部家伙把式就是一口铁锅一把炒勺一个煤炉子，油腻腻的手从旁边盘子里抓把少得可怜的肉丝和青菜，加点米饭扒拉几下，两分钟就出炉一盒，打包带走。结果人家卖了四年炒饭，等我毕业的时候居然已经在广院旁边起了一家三层楼的烤鸭店，我和同寝室一个爱吃炒饭的女生则生生胖了十斤，成了烤鸭店颇有吨位的坚实奠基石之一。

小信就是卖炒饭大叔旁边的一个西瓜摊主。我们初次见她都有些惊讶，对于一个瘦瘦小小的女生独自出来卖西瓜颇有微词，常常担心她连刀都拿不稳，给我们切西瓜的时候一刀下去砍在脚面上。

事实证明小信的生意在那个夏天里是西街上最好的。这靠的不是她甜甜的声音和可爱的笑容，而是智慧。

她搞了一辆破烂的小汽车运西瓜，汽车后厢居然被她装上了一台冰柜，西瓜全部存放在冰柜里。那年的北京夏天骄阳似火，我们住的宿舍楼没有空调，男生热得裸奔，女生热得看不了裸奔。结果可想而知，冰镇西瓜的出场让所有人眼睛都绿了，西街第一次出现了抢着花钱的盛况。

我常去买瓜，因为要给同寝室的几个懒蛋也带瓜，买得多，渐渐便与小信熟络了。有时候瓜太大，小信还会细心地帮我切好，在上面撒一层她自制的薄薄的糖霜，很甜。

我知道她是附近另一所大学的学生，为了勤工俭学才出来卖瓜。她说每天要五点起床跑到水果市场去进货，再赶着中午和晚上学生放学的时间出来卖瓜，我听着都觉得累。

我说这么辛苦就少卖一点啊，你的学费应该早就攒够了吧。

她笑了起来，摇摇头：不够。

彼时我们坐在西街路口的台阶上，啃着她卖剩下的最后两块西瓜，“噗噗”地吐着西瓜子儿。

她说她赚的钱一半给自己付学费，另一半要寄去北方某个城市给她的男朋友。

这个答案让我有点难以置信，说：难道他一个大男人，不能自己赚吗？

她有些害羞地抿起嘴，说：他整天泡在实验室里，很忙的。再说他马上要考研究生了，不能分心。他家庭条件不太好，我想多寄点钱给他，让他把精力都放在学习上。

那也不能花女人的钱啊。我语气很冲。

小信只是笑，不再说话。大概是感到我的怀疑，她扯开了话题，指着街对面一家小卖店有些期待地说：那天我看到一个女孩拿了一支雪糕出来，那个雪糕看起来太好吃了，全是巧克力和花生碎，可是价格真贵，我不舍得吃。

我说：那雪糕我知道牌子，价格是贵了点，不过也还好吧。你等着，我去买来请你吃。

她连忙拉住我，说：你可别这样，我不吃也不是买不起，就是想多存点钱，省着省着就省习惯了。

被她这一说，我倒也不好硬去买了，只好默默地陪她啃完了西瓜，告别后各自回去休息。

某个傍晚，我从图书馆上完晚自习出来，走到校门口，却忽然看见小信在校门外冲我急切又兴奋地挥手。

我跑出去，只见她一脸喜滋滋地抓住我的胳膊，笑着对我说：“今天我请你吃雪糕！”

我被她拉到那个小卖店的门口，然后非常惊讶地看到地上乱七八糟地堆着十几支雪糕。

“哇！你发达啦？”我半调侃半好奇。

小信摇头：“不是的，今天下午停电，小卖店老板没注意，晚上发现时，冰箱里的雪糕全化了，即使重新冻硬了也没法卖出去，他说可以便宜卖给我，但是必须把这些都包圆。我算了算，一共才原来两支雪糕的钱，就买了请你吃！”

我看着她剥开一张雪糕纸，拿着那根歪七扭八的巧克力雪糕咬下一口，然后一脸喜悦地把另一根递到我的面前来：“你尝尝！真的好甜啊！”

我望着面前麻花似的雪糕，愣了几秒钟，终于接了过来，像她一样大口吃起来，然后大声地赞美着：“真甜！”

那个夜晚，我们顶着瑟瑟的秋风，冻得哆哆嗦嗦的，蹲在那间小卖部的门前，一支接一支地干掉了所有奇形怪状的雪糕。

回去以后，我拉了三天肚子。

小信每次都独自去上货，上百斤的西瓜，居然都一个人扛上车，比很多大老爷们还厉害。

有一次，一个男人来买瓜，却污言秽语动手动脚的。结果小信二话没说，一手拨了110，一手抓起西瓜刀逼住了他。警察赶到的时候，正看见她把半个西瓜一鼓作气扣在那男人的头上，红色汁液滴了一地，远处看去，像一个戴绿帽子的男人被打得脑出血。

我刚好赶到，看着她面无表情，握着西瓜刀的手却捏得死紧，手指都变了形。我把她的刀夺下来，抱住她，跟她说“没事了，没事了”。

她居然还能“咯咯”地笑出声来，说：“你干吗啊？我当然没事啊，现在有事的是那个绿帽子。”她一边笑，一边从我的怀里慢慢地滑坐在地上。

我能感到她在剧烈地发抖，怎么也停不下来。

那一年的京城还没有雾霾，夜色清透如水。我们彼此紧紧倚靠着坐在那片狼藉的、冰冷坚硬的水泥地上，头顶是偌大的、流离的漫漫星空。

小信说：谢谢你，我终于不发抖了。

大四的冬天，是记忆里最冷的一个冬天。据说北方降了百年难得一遇的大雪，冰雪封城，所有人进不去也出不来。

小信急了，她男朋友就在那座城市里。她觉得这雪降得太猛也太早，男友家里的冬衣应该都没有寄到，各个商场又都关店了，一定会把他冻坏的。

我花了很多时间安抚她，说他那么大个人了，问同学借几件衣服总还是会的吧？这都是社会主义国家了，难道还会出现冻死大学生的恶性事故吗？你要信任党信任人民……云云。

她却死活不信。大约所有的女人都习惯性地把深爱的男人当成襁褓中的稚子，觉得对方心智单纯，行为可爱，从心理到生理都需要无微不至的呵护。小信也不能免俗。于是考虑再三，她决定前往那座城市。

我极力反对，但是显然反对无效。她买了满满一大包的冬衣，还有她男友喜欢吃的许多东西，又买了一张最便宜的大巴票——事实上，当时飞机和火车都停运，她也只能选择大巴。

那个满怀爱和期待的小信，终于出发了。

在那以后的故事，都是后来她叙述给我听的。

……

那场大雪下得出人意料地漫长而结实，大巴车在行进了大半天以后，在深夜被困在了高速公路上。前后都是车。

当时距离小信要去的城市只有十几公里，却死活堵住了，寸步难行。

小信心中焦急，于是她做了一个特别大胆的决定，下车步行。

很久以后她每每跟我描述起这个场景我都无法想象。一个单薄的女孩儿，背着一个沉重的装满了冬衣的大包袱，一步一步地在大雪中行进了足足十几公里，她究竟是怎么做到的？

那所大学在非常偏僻的郊区，夜里荒凉极了，如果偶有路人，周围的村落就会响起一声声凶狠的狗叫声，十分瘆人。

然而最艰难的并不是这些，而是一条通往校门口的雪路。说是雪路，其实是东北下过一场夜雪之后，雪化水，水结冰，冰再盖雪，再结冰……这样一条长长的冰路。

我知道小信为了省钱，给自己买的是最便宜的那种雪地靴，靴底根本不防滑。

小信说她也不记得，自己背着包袱在那条冰路上摔了多少跤，只知道摔到最后整个人都麻木了，连周围的狗叫声也听不见了……她甚至已经完全忘记了自己一个独身女孩行进在这样荒无人烟的地方是一件多么危险的事情。“原来疼痛可以忘我。”她在回来后笑着对我说，一边解开半截裤腿给我看，上面青青紫紫的全是一层层的瘀伤。

可是她终于还是走完了。

像小白菜为了杨乃武滚一场钉板，哪怕鲜血淋漓，哪怕下一刻就会千疮百孔万劫不复，也总算到了尽头。

她跌跌撞撞地到了传达室，请求老师通知那个男生，她来了。

他终于出来了。

他远远地向她走过来。校门口唯一的一盏昏黄路灯下，大片大片洁白的雪花纷纷扬扬飘落下来，落在他的黑色大衣上。

她望着他，看着他在她的面前站定。

她张了张嘴，却发现浑身都冻僵了，居然已经说不出话来。

他说的第一句话是：“你怎么来了？”

她不知道该怎么解释，忽然想起身上的包裹，连忙摘下来，用冻得迟缓的手脚笨拙地打开，把衣服捧给他。

他却只是皱着眉头看着那些衣服。

她盯着他的眼睛看，然而脸上的表情从期待渐渐变成平静，最后又渐渐失去了所有的表情。

他终于还是冲她点了点头。

“这些衣服，我会穿的，可是——”

下一句话刚要出口，却被她硬生生打断了。

“谢谢你。”小信说。

这是一句很荒谬的话，她为他顶风冒雪千里送衣，她对他说的第一句话却是“谢谢你”。

可是她宁可先出口。

只因为她更害怕听到他对她说出这句话。

他说：“对不起。”

她说：“没关系。”

什么都不必说，也不必解释，有时候通过最简单的对白，已经足够可以明白对方的心是冷是热，是诚是伪。又或者，根本就没有心。

她抬起头，最后看他一眼：“再见。”

她转过身向着来时的那条冰路走去。

“哎——”他喊她，大约是心里终于生出了一丝内疚，“天太冷了，要不然我帮你在学校借间寝室，你住一晚再走吧。”

她回头，冲他笑了笑：“不必了。”

……

她急匆匆地走，再不敢回头。

这一条冰路，她是摔回去的，不停倒地，再勉强爬起。

她以为这条路将永无尽头，直到一辆车子停在她面前。司机摇下窗子，冲她喊：“闺女！这大半夜的，你要去哪啊？”

她说出附近城市的名字，司机想了想说：“上来吧！”

她走近车门，却发现这是一辆黑车。车里很暗，她看不清司机的脸。她站在车旁，犹豫地握着车把手，恐惧渐渐蔓延上心头。可是举目四顾，这荒野茫茫，白雪皑皑，哪里还有其他车的影子？走得了走不了，就看这一刻的选择了。

她终于还是上了车，死死地抱住胸前的小包，那里只剩下了一张回程的车票与十元钱。且不说对方是否心有歹意，单是这十元钱，就铁定不够付回程的车费的，那么等到她抵达了以后又该怎么办呢？

司机似乎毫无察觉，还在与她搭讪：“你是哪里人啊？怎么这么晚还在学校这边？一个人不害怕吗……”

她不吭声，只是浑身缩成一团，怔怔地看着窗外的景色，却愈加心慌起来。这司机专往偏僻的小路上扎，有几次路两旁的树枝都抽上了车窗。

她有些绝望地想，如果对方欲行不轨，她就跳车！

司机见她不回答，也不再发问了，四周安静下去，只有车子飞速行驶的声音。

直到车子停下，她整个人已经因为高度紧张而昏昏欲睡。是的，原来人的神经绷紧得太久，竟然如此疲惫不堪，仿佛下一秒闭上眼睛就可以世事皆忘。

司机叫了她一声，她浑身一激灵，冷汗唰地就下来了。

司机转过头看她。

“到了，下车吧。”

她茫然地推开车门——

漫天的轻柔雪花在下一秒紧紧拥抱住了她，风声静和，四周的高楼灯火星星点点蔓延开去，专属于城市的温暖气息扑面而来，脚下是坚实的地面，她终于不会再摔倒了。

小信的泪水在一瞬间夺眶而出。

她一边抽噎一边不忘转过头看着那个一脸憨厚的司机：“谢谢……谢谢你，车费多少？”

司机笑了笑：“十块钱。”

小信紧紧捏住那手心里的十块钱，忽然猛地蹲了下去，在那司机的惊愕目光中，放声大哭。

那个大雪纷飞的北国夜晚中，所有的绝望、泪水、恐惧都显得那么微不足道。

二十二岁的小信，她失去又得到一些东西，也终于明白了自己真正的需要。不是甜蜜的西瓜，不是歪扭的雪糕，不是肆无忌惮付出的青春，也不是路灯下那一场灰飞烟灭的惨淡爱情。

活着，并且只为自己好好活着。

比这世间的一切都重要。

上个星期我与小信重逢的时候，她已经是一家跨国公司的人力资源部总监。依然瘦削的身材，带着亲切熟悉的甜甜微笑，饭局结束时她抢着结账，我则抢着把她钱包里那张一家三口的合影拿过去看了很久。

我本是不欲聊起以前的事情的，怕揭人伤疤不妥。倒是她坦然回忆，云淡风轻。并评价：那就是一个渣男痴女的故事，情节很琼瑶，结局很凄美。还好，剧终人散，谁都没包夜。

我笑起来，想着，但凡可以轻松自嘲并一针见血，大多是真正的遗忘吧。

临走的时候，我把那照片还给她，递出去的一瞬间，却忽然扫到背面写了几个字。

我没细看，但心里猛地一颤，然后手就下意识地松开了。

在我们的心里，在每一棵盛放着灼灼花朵的树根下，究竟埋藏了多少永不能见天日的秘密？

那些难以启齿的爱，那些刻骨铭心的故事，那早已辨不出色泽的一抔春泥。

然而终究无法深挖细掘，一探究竟。因为所有的初绽，早在枝头就已经定好了答案。

某次打电话给小信，终于鼓起了勇气犹疑地问她：你照片背面的字，先生看到过吗？

她轻声地笑：谁没有一张写着字的照片呢？

翻过去，是读不懂的词语；翻回来，是笑容明媚，一片朗朗春光里的幸福。

聪明人节约用情，却都懂得应有的选择。

谁不曾在青春里做过一个不懂忍耐，只懂付出的傻瓜？一场感情如大雪将至，轰轰烈烈，无可挽回。

对方却是那个轻描淡写的扫雪人，天明时，人与雪都悄然远去，了无痕迹。

还是要谢谢那个人，不曾暴雪压城，城欲摧。

幸好我们，不再爱人逾生命。

幸好我们，终等到雪霁天晴。
这是最好的结局。

不必畏惧，其实这世间所有曾经让你痛彻心扉的别离，无非都是四句话：
谢谢你。没关系。再见。不必了。

——谨把它们，献给生命里曾经出现过的那个你。

# 北　京　食　记

文 / 戴正阳　青年作家　@抽风手戴老湿

北京有什么好吃的吗?

连汉字加标点，一共十个字符。然而想要回答这个问题，恐怕就得成千上万倍的字了。什么东西好吃，为什么好吃，怎么吃，去哪儿吃，如果再加上这些问题，估计得写一本社科类专著——《论北京好吃的》。

梁实秋写北平的小贩挑着零嘴儿四处吆喝，这光景如今已经见不着了。汪曾祺说“五味神在北京”，酸甜苦辣咸人间味道约摸尽在此。可要回头再看，终究还是曾经的故事。如今我要斗胆说说北京有什么好吃的，却也只是瞎子摸象东拼西凑，甚至土洋结合南北掺杂。到最后恍惚跑题，写的不是北京本土的小吃，更不是入嘴的佳肴，反倒是食客的故事了。

一个人穷有穷的吃法。

原来人们吃鸭子必去全聚德，现在京城里其实大多数人选择去大董。

大董的鸭子号称“八料八吃”。人们常用荷叶饼卷了葱丝和鸭肉吃，但是大董的鸭肉却是蘸蒜泥，嚼起来喷香，盐水鸭肝鲜嫩入味儿。当然，大董的鸭皮也很有特色，不是传统的“酥脆”，而是酥而不腻，拿不算太甜的四方白糖蘸了吃，嘿，拿舌头一卷，那鸭皮就能化了。

当我向陈怡讲这些的时候，她很不理解，说：我的妈呀，吃个鸭子还能有这么多的讲究？还能品出这么多味道?

我说那不废话吗？挣钱为了啥，不就是为了享受生活吗?

陈怡点点头，又摇摇头说：享受肯定对，但是得先活着，才能享受。

我明白陈怡说这话是什么意思，因为她家里并不富裕。我和她认识的时候，都还在上大学，陈怡的的确确是从贵州一个县级市下面的穷乡僻壤考出来的。她总是穿着一件洗得浆白的衬衣，好几年依然如此。虽然学校里已经可以办理贫困贷款，平时也有补助，但是陈怡确实十分节俭。

很多人觉得都这年头了，哪儿还有穷人，其实真的有。陈怡家里姊妹三个，她排行老大，所以家里重担都指望着她来挑。陈怡有时候在上课之余，还会出去兼职打工。她说北京兼职打工挣的钱，比她回家干别的挣得多得多。当然，做兼职对她也有一定的影响，我经常能瞅见她打瞌睡打哈欠，有时候走半道儿上，都能撞上人。

我问她，这么拼命干吗？她瞪大眼睛说，挣钱啊，而且我想给我爸妈寄烤鸭回去，让他们也尝尝。

我说你自己都还没吃上呢。

陈怡摇头：所以才寄回去给他们吃。你不是说烤鸭挺好吃的吗？

我皱着眉，看着陈怡瘦削的脸，觉得我这张嘴真他妈不该瞎呼呼这些。

陈怡打了两份工，一份是平时的超市收银，都是从晚上七点半到十点。另一份工作是做一个培训集团的前台助理，周六周日去。打这两份工，基本可以保障她一个月的支出，如果节省些花，还能有点儿盈余。

她开始为了让她家里人吃上烤鸭而奋斗，终于在攒了两个月的钱后，去超市买了两只真空包装的全聚德烤鸭，然后雄赳赳气昂昂地寄了回去。

过了半个月，她突然蔫蔫地跑到我面前对我说：会不会被超市骗了，买的假货？她爹妈说鸭子还行，就是荷叶饼不好吃。

我问：你爹妈怎么说的？

陈怡有点儿不好意思地说：他们都不懂，两只鸭子，一只给添上甜面酱煮了，还有一只他们给红烧了。另外荷叶饼他们说咬不动。

我说：我的姐姐哎，那东西能那么吃吗？这不是糟蹋吗！

陈怡听我这么说，也急了。她说：我又没吃过，我爹妈也没有吃过，怎么可能知道啊！

我一看她火了，也觉得自己说话实在是有点儿不好听。赶紧改口说：哎哟要不我教你吧。那鸭子不是真空包装吗？打开以后直接热一下，不要做别的加工。那荷叶饼得蒸着吃，要不然硬邦邦的，谁吃得下去？拿鸭肉蘸酱，和葱丝一起卷在饼里吃。而且你没必要买那么贵的鸭子，一百六十九块一只还不一定好吃呢。其实你买便宜坊的就成，味道也差不离。
陈怡听了我的话，只好叹气说，那我就再继续打工，攒点儿钱买吧。
我想说，要不我作为朋友送你家里两只吧，后来我还是打消了这个念头。因为这样好像显得我不是同情她，而是在可怜她。

一年后，陈怡的爸爸因为生病，去世了。第二次陈怡寄过去的烤鸭，他吃了，这辈子就吃过这么一次。
再后来，一个同学做东，请周围的朋友一起去大董吃饭。那是陈怡第一次去大董，也是她第一次吃烤鸭。陈怡开始还不会包，甜面酱蘸了以后，老是要漏出来。我和周围的人就教她怎么吃，怎么包。陈怡学会之后，自己包了一个好的放嘴里。
朋友问她，怎么样，好吃吗？
陈怡点点头说，好吃，要是我爸还在，我就能带他来吃了。

一个人富也有富的吃法。
我因为小说出版的事认识了一个土豪，而且土豪愿意和我做朋友。
土豪是山西人，家里开酒店的，能吃能喝能玩儿，我也借他的东风，蹭吃蹭喝不亦乐乎。其实有钱的确是个好事情，在很大程度上能够决定食材的等级以及最终的质量。

托他的福，我曾经吃过一道菜，叫做“翠盖鱼翅”。这道菜的主要原料选用的是上等的小排翅，事先把鱼翅发好，然后再用鸡汤文火清炖。这道菜的辅料也很不一般，把整个的紫鲍连同云腿和鸡皮一起，摘了新鲜的荷叶包起来，将佐料放入，然后烧。且那鸡皮还需是已经过油的油鸡鸡皮。就这么一起放火上烧，至少得烧两三个小时，中间还要不断换新鲜荷叶，最后一道步骤是摆上笼屉蒸二十分钟，才起锅。上桌的时候，把荷叶摆在桌子上，再把菜呈上去，颜色碧绿，鸡油滑润，所以才有个“翠盖鱼翅”的名字。

经土豪介绍，我才知道，实际上所谓的鱼翅本身并不鲜美，想把鱼翅做好，就一定要在辅料上下足功夫，让鱼翅充分浸透美味，才能醇香细润。这道菜就是典型的“借味菜”，把鸡肉云腿紫鲍荷叶的香气都糅在鱼翅里了。

我问土豪，是不是这吃的东西，越是豪华，越是大菜，才越好吃？

土豪摇摇头说，我虽然土，但是好歹还有个“豪”字好吗？这美食要看功力，其实恰恰是从小菜上琢磨出门道来的。他给我举了两个例子。

第一个例子是原来老北京的“桂花皮炸”（最后一字读音如“渣”）。这道菜不是大菜，属于盘中小食，说白了就是猪皮做的。选用猪脊梁上那么一小条儿，切下来，把毛去了，然后用花生油炸至起泡。之后就是捞出来透油晾干，放瓷坛子里密封起来，等到第二年就可以吃了。做菜的时候，先把它拿温水泡了洗净，再用高汤进味儿，切成细丝下锅炒了，伴着鸡蛋火腿下锅，出来之后鲜香扑鼻。

第二道菜叫做“上天梯”。这道菜是取鸭掌作为原料，先把厚皮去了，再用绍兴产的黄酒泡着，等到鸭掌发胀的时候再拿出来，拆骨抽筋，只留下那层鸭掌的细肉和皮。这个时候加火腿两片、春笋数片，叠在一起，把鸭掌夹在中间，浸了蜂蜜，文火蒸透。吃起来糯软可口。

这两道菜都不是大菜，却都精彩至极，唐鲁孙老先生都在书里写过。

我听后拜服，这位土豪确实在吃上有研究，而且吃出学问来了。我问土豪，那有没有你觉得最好吃的东西？他笑而不答。

之后数月，未与他联络，听闻是家中变故，急急返乡去也。

等再次联系我，已是年末，土豪约我至大同会馆。等我到时，他已经坐在位子上了。汾酒一瓶，桌上菜数盘，皆是山西家乡菜。

酒过三巡，土豪夹着莜面鱼鱼，突然泣不成声。这道菜其实很简单，就是莜麦面切成细条，加葱花姜片爆香，混入土豆香菇西红柿。餐馆里这道菜的价格不超过二十五元。我不解土豪为何如此失态。
他抬头对我说，这味道不一样，我妈做得好吃啊。我走之前，我妈给我做的最后一道菜就是莜面鱼鱼。老母得了癌症，住院前在自己屋里开灶做的就是这道菜。再次食之，痛彻心扉！

口味的改变有很多原因，地域、时间、年岁增长，有时候也因为其他人。

杨淼和胡一凡都是我的朋友，两个人恋爱已经有六年了，从大一开始一直到毕业后两年。杨淼是北方姑娘，胡一凡是川渝小伙儿，在我看来两个人吃饭的口味实在有点儿不搭界。
比如杨淼喜欢吃面食，胡一凡偏爱米饭。杨淼吃的偏咸且不吃辣，但胡一凡喜麻喜辣。这两人出去吃饭挺逗，一般都是一式两份，不同做法，就连出去吃麻辣香锅，都是点两个小份儿，一个微微辣，一个超级辣。
不过好在两个人感情还算稳固，杨淼成了老师，胡一凡在企业里发展。虽说居京城大不易，可他俩也算一起奋斗一起拼搏，至少在我看来，难能可贵。

前年冬天，我们几个朋友一起找地方吃饭，做特务状四处搜寻，终于确定了一家店。老虎庙内小店林立，但是这一家却有些卓尔不群。其他店铺都是用的透明玻璃门，唯独这家选用的是棉门帘子，颇有一些破旧小馆的味道。掀帘入内，店里除去炒菜外，主营铜锅涮肉，值此寒冬，确实也对胃口。
胡一凡问这涮肉和火锅到底有什么区别。我说其实区别挺大的。第一个是锅不同，一个肚大，一个肚小；第二个是配料不同，重庆火锅喜用牛油提香，而涮肉却是靠味碟蘸酱后提香。这涮肉还是以清汤涮羊肉为主，吃菜为辅，而且菜品也不如火锅的丰富。用的炭火锅子膛大火旺，外面西北风呼啸，内里肉香菜香扑鼻，何其快哉！

上桌点菜，为了照顾杨淼，我们点了鸳鸯锅底，等铜锅端上，胡一凡和杨淼又显出不同来了。
杨淼是标准的北方吃法，拿麻酱、酱豆腐、韭菜花拌匀了做调料，而胡一凡则是要来一个空碗，内里不着他物，只是拿汤勺一点一点地舀着锅里的辣油，以此作为调料。等正式吃的时候，杨淼一小会儿就满头大汗，而胡一凡却面不改色，犹嫌辣味儿不足。
杨淼看着胡一凡碗里的辣油，拿筷子尖儿蘸了一点儿放在嘴里，才几秒钟就面色通红，咕咚咚一瓶北冰洋下肚了。旁观者莞尔。酒足饭饱，迈步帝都街头，虽天寒地冻，却心中暖和。

去年冬，再聚老虎庙的那家小馆，却独独缺了胡一凡。他和杨淼分手已经有两三个月了。
我们问杨淼原因，她却摇头冷笑：由他去吧。照例点的铜炉火锅，我说点鸳鸯的吧，杨淼摇头说，就吃辣的。

等锅子上来了，杨淼也不用调料，就拿着小碟，一点点从锅里舀辣椒油。
羊肉涮好，她吃了一口，立刻满面通红，却憋着不去喝水。我们几个光看着她的样子，都能感觉到那分难受，想给她递水，杨淼却只是摆手说不要。
她喃喃说，能他妈有多辣啊？能有多辣？
再吃几口，眼泪鼻涕都出来了。
我却不知道这到底是因为辣还是因为胡一凡。
我低声对旁边的朋友说，我想起一句装逼的话，唯美食与爱不可辜负。
杨淼耳朵很尖，听见了我的话，抬起头看着我，此刻已经哭得妆都花了。
她哭着说：放屁，只有美食不可辜负。

当然，也有人口味数十年如一日，再不改变。

一个远房亲戚，我应该喊阿姨的，离婚的时候和前夫闹得不可开交，打离婚官司，两个人连一张地毯都要争得你死我活。想想当年海誓山盟，而如今这么丁点儿东西都要明确地划分个权限，确实让人心凉。
最开始他俩结婚搬家，从丰台到海淀，我还去他们新家做客。

那一顿吃的饭没让我留下什么太大的印象，倒是他们小区门口有一个老太太卖的肉夹馍让我魂不守舍。那天我在外面跑了一天，晚上去他们家里。到的时候他俩正好出门买菜，我也进不去门，只好在小区门口溜达。

我确实饿了，闻着那老太太做的肉夹馍香味扑鼻，肚子里馋虫乱转。

说起来，肉夹馍当然不是北京本土小吃，这是老陕的特色美食。我瞅着老太太把五花肉从煮得咕嘟嘟响的大锅里捞出来，实在按捺不住，就去买了一个。

肉夹馍的做法我知道，五花肉要选那四分瘦六分肥的，焯水后取出，扔锅里煮。这煮的汤是特制的，高汤料酒酱油冰糖辣椒盐桂皮香叶姜片八角花椒，大火开后转小火慢炖。至于那饼，小火烙熟，外脆里软。把肉从锅里捞出来切碎，夹在饼中，浇上汤汁。

我咬上一口，美!

正吃着呢，他俩回来了，瞅见我都动嘴了，一个劲儿直乐。阿姨说，这老太太做得确实好吃。我们有时候晚上不想做饭，就买上四个，一人吃俩。

可惜，他俩2000年离婚，至今已经有十四年了。她前夫就此出国，再未回来。

去年年中，那阿姨给我打电话，说要去机场，问我能不能开车送她。我说“好”，就开着车去了她小区，没承想那小区门口的老太太还在，依然在卖她的肉夹馍。

阿姨拎着箱子出来，对我说：公司要安排出差，想来想去只能麻烦你送了。

我说：没事儿，反正闲着也是闲着。

阿姨把行李放好，刚准备上车，突然转身去老太太那儿买了俩肉夹馍。

我说：您这还把干粮提前备好啊。

阿姨笑笑，说：多少年了，还是喜欢吃。

等到了候机厅里，我俩坐下。有人行色匆匆拖着行李，坐到了旁边。

我看了一眼，愣住了。有时候不得不感慨世界太小，那是我阿姨的前夫，尽管十几年未见，但我还是认识他，面色苍老了许多，头发也白了。我略微有些尴尬，在犹豫是否和他打招呼，毕竟虽然他们婚姻散了，但我和她前夫当初的关系还不错。
他好像也认出了我们，脸上一瞬间闪现出一丝惊讶。
他朝我笑笑说：真巧，我刚从美国回来，准备转机，一会儿就走。
阿姨没有说话，只是从手边装肉夹馍的塑料袋里拿出来一个，用纸巾包住，递给了他。
他们俩低头吃着。

过了一会儿，阿姨的前夫站起来，对我说：我走了，有机会再见。从始至终他和她没说一句话。我扭头看着阿姨，她小口吃着。
面色平静。
未言一语。
泪流满面。
我突然想到了拜伦的那首诗：
“假若他日相逢，我将何以贺你？以眼泪，以沉默。”
以肉夹馍。

# 我　最　好　朋　友　的　婚　礼

文 / 苏更生　作家　媒体人　@假苏更生

飞机晚点三个小时，我在机场发烧，窝在恶贵咖啡馆里，十元一杯的白开水喝了五杯，希望把感冒压下去。我要飞去北方，出席她的婚礼，做伴娘。上了飞机，莫名其妙被升舱。空姐拉上帘子后，头等舱只有我。窗外是深蓝的夜空，机舱里灯光昏暗，安静得正好睡觉，我却怎么也睡不着。

跟她认识已太多年。我还记得在那个周五的下午，我们搭车回家。烈日下的公路尘土飞扬，车却意外停住，等了许久也不开。全车人站起来看发生了什么。我在后排，她正好回头。我扬了扬下巴，问："喂，现在几点？"她手上有表，答："三点。"

那年我们都十二岁。

后来这些年我曾反复回忆过这场景，午后的阳光透过窗户照进来，车厢中灰尘跳动，她扎了两只小辫子，头顶细小的发丝竖起来，对着我咧嘴一笑，说："三点。"我曾跟她说过这场景，她说不记得了。

这就是我们最大的区别，我沉浸于回忆，略悲观，而她是现世享乐主义者。我们在同一间寄宿学校念书，不同班，每周五一起搭两个小时的巴士回家。中学六年，从未间断。在不回家的时候，我们骑着自行车在街上疯跑，对路边的行人大笑。那些引人发笑的内容早已忘了，可那时的青春就是如此明亮，可以笑出声来。

每个周末我们都腻在一起，逛街、吃饭，向父母讨来零花钱一起用光。有次我骑车载她，前面有辆大巴，由于冲得过快来不及刹车，我叫嚷着：“你快跳，快跳！”她噌地跳下单车，我以人字形撞贴在大巴车上。这辆车并未开动，我也没受伤，两人又为撞上静止的大巴车狂笑不已。

她是学校最漂亮的女孩，而我就是那个女伴。她在学校里换了若干男友，而我则替她向不同的对象传过纸条。我们曾躺在床上不停地谈论未来，会嫁给谁，会有怎么样的婚礼。我记得有天谈论起结婚戒指，她说：“钻戒要三克拉以上才有灵魂。”我惊愕地体会这句话的厉害之处。她是精明的现实主义者，对庸俗怀有期待又能及时戳破虚伪。

在万米高空，想起这些年，我们身边的男人换了又换，只有我和她没有变过。而如今，几个小时后，她真的要结婚了。那些被反复谈论的场景终于成为现实。我们都长大了，她没有拿到三克拉以上的结婚戒指，只有一颗小小的钻石，白金爪托着，怎么看也不像有灵魂的样子。

她嫁得并不如意，那颗小小的钻戒已是奢侈。此前她已订过婚，和一位我们都喜欢的男孩。这人高大帅气，弹一手好钢琴，家境也不错。订婚后，男孩出国留学，每年带回来大量礼物，连我都有份。只是异地恋总是艰难，她爱上了别人，一个远在北方的男孩。于是她哭着退掉原来的钻戒，孤身离开了家。

由于这座城市离家太远，她只能从酒店出嫁。女方亲友只来了父母和我。她本来说太远，不让我来，可以等回老家办酒席时再参加。我想了想，说：“还是去吧，嫁那么远，我送送你。”于是飞了几千公里，只在此地停留二十四个小时，参加她的婚礼。

飞机降落后，高烧已退。我在出租车里看她未来要生活的城市，干燥、灰暗和乏味。她嫁的男人我也不喜欢。对我而言，他只是个陌生人，为什么要把我最好的朋友骗到这里？我冲到酒店大堂时已是凌晨一点。为了不打扰她睡觉，我让前台小姐带我去603。前台小姐问："603不是结婚的那间吗？"我说："是呀。"她问："你是新娘吗？"我笑了，说："我是迟到的伴娘。"

进房后，她已睡了，我轻手轻脚洗漱，然后躺在她身边。她被我惊醒，问："是你吗？"
我说："是啊。"

我们躺在床上，中间隔了很远，彼此都没有睡着。就在她出嫁的前一晚，我睡在她身边，两人竟无话可说。我们之间不仅隔着被子，还有过去的十多年。那些欢笑、争吵、回忆，还有对爱情、婚姻和人生的期待，那么那么多，却只有沉默。
一夜无话。

第二天的婚礼就像所有婚礼一样，喜庆，喧闹，嘈杂。行礼时，她在台上，我在台下。她父亲发言，丈夫站在身边。在尘世幸福最完美的一刻，她的目光投向我，骄傲而深情，我扭过头去，两人都泪光闪闪。

婚礼结束，宾客散尽。我和她把婚纱收起来，那件直径三米的婚纱像一个宝座。每个女生迫不及待地穿上它，却不知道叠起它有多费劲。我们手脚并用，试图拢住裙摆，塞进袋里，甚至喊起口号："一二三！""好，马上就要进去了。""就要成功了。"最后，袋子破了，婚纱又嚣张地撑开。我们都脱下了礼服，身上只剩Bra和内裤，浑身是汗，坐在地板上大笑。

婚礼是如此累人，永远都不想来第二次。我无法接受这种麻烦的婚礼，不如旅行结婚，在海风猎猎的沙滩上，只有两个人，天空化作玫瑰色，哪里有这些琐碎事？可她说："这样你就没办法收红包了。"她喜气洋洋的现实态度总能把我的浪漫主义击碎。我们一起数红包，骂某个小气鬼只给两百块，连名字都不敢写。我掏出厚厚的红包，说："原本应该更厚一些，但是买机票了，你收着吧。"

她说：“以后还不是要还给你？”我也只愕然。

处理完所有琐事，我们去买水果。两人站大半天，礼服勒得绷紧，什么都没吃。我们走在街上，她和相识的店主寒暄，与小贩讨价还价，我知道她就要留在此地，迎接新的生活。而我几个小时后，就要飞离她的城市。再好的朋友，长大了也是聚少离多，每天都要面对各自的生活。

入夜，她要送我去机场，我让她留下照顾父母，自己打车去机场。分别很普通，不过是说一句：到了发个短信。我坐进出租车，被北方的风轻拂，突然记起一首词：沙河塘上春寒浅，看了游人缓缓归。这些年，那些我们爱过的男孩，不知道终究去了哪里，而她留在此地，我独自缓缓而归，只能暗叹：花满市，月侵衣，这恋恋的风尘呵。

给夏天的冰／陶立夏

# 皮　格　马　利　翁

文 / 陶立夏　翻译　作家　摄影师　@陶立夏

如果用我千疮百孔的记忆回想一下的话，大概是八年前开始失眠的，距离我们陆续离开伦敦还有一年不到的时间。

失眠会对大脑造成损伤，但这并非了不得的事情，因为从科学角度来说我们每天都在死掉一点点，所以这种损伤就像罹患绝症时的小感冒，或者宇宙毁灭时下的毛毛雨一样。总之无关痛痒。

但失眠的夜晚有很多时间需要打发，这就很麻烦。上午在医院实习，下午到学校图书馆为毕业论文搜集资料，忙到眼睛都快盲掉，灵感因睡眠不足而愈发虚无缥缈，熬到半夜就可以去巷子口的Fish and Chips买炸薯条。

我记得那个钟点正是PUB打烊的时间，醉醺醺的年轻人喧闹着从PUB里拥出来，青春的荷尔蒙被酒精浸泡过，开始发酵出腐味，但你更在意的是空气里飘过的薯条的油腻味道，在漆黑的夜色中闪烁着魔法仙女棒那种让人颤抖的愉悦金色。

捧着松脆的薯条回宿舍楼，到公用厨房的电饭煲里找一碗晚饭吃剩下的白米饭，靠在储物柜上大口大口地吃。有时会遇上别屋的室友L来厨房找番茄酱，就这样慢慢熟悉起来。宿舍还有一个房间空着，那位迟到的房客似乎被困在了非洲某处。

L是标准的帝国大学高才生，在计算机系读硕士，研究人工智能。我不爱麻烦别人，尤其是为小事，但用了许多年的电脑时常故障终于系统崩溃，写了许久的论文草稿丢失，才迫不得已去敲他的房门，问能否帮忙恢复资料。他没等我细述来龙去脉就答：当然可以。他后来解释说，所有在电脑上出现过的资讯都会留下物理残迹，只要你足够耐心就可以一一恢复，过程有点像拆一只茧。

“也就是说，其实你电脑上的资料永远都删不掉？”我问他。

“是啊，除非你把硬盘砸成粉末。”他回答。

“过往那些再也不想看见的照片啊，邮件啊，怎么办？”我突然好奇。

他显然思考过这个问题，所以流利地回答：“删除前打印出来烧掉。就当是彻底成灰了。仪式感很重要。”

夏天的时候，L把自己在房间里关了整整三天三夜，每次路过都听房内在播放同一首歌，隐约是张学友的《吻别》。第四天晚上形容枯槁的他到厨房找我：“兄弟，陪我去喝一杯。”

“你的世界模型终于成功了？”我打趣。

他黯然地指指心口：“不，是这里坏掉了。”

我了然。都说时间治愈一切，可那要等好久，没有如许耐心和勇气，所以不如先投靠酒精，否则只有去跳学校最高的女王塔。

从酒吧出来，深宵的街道人声喧哗，人群围着倒在马路中间的一个年轻人。他脑部遭受了重击，神志不清。我一边跪下来寻找他的脉搏，一边打电话报警。L脱下衬衫想垫在年轻人脑后，这时一只手伸过来拉住他。

“小心。”那人说，是带口音的英语，但语气坚定。他借着手机屏幕的光线仔细检查年轻人的瞳孔后轻声说：“He is gone.”

我知道他的意思，因为我没有找到脉搏。但L疑惑地看向这个陌生人，恳切地问：“But to where?”陌生人摇摇头，露出无奈的神色，最后撸起死者的袖管给他看，苍白的手臂上布满针眼和瘀青，还有地方出现了溃烂。

“药物过量，脑后的伤是摔倒后造成的。”他解释。

人群触电般散去，留下我们三个等救护车。我们等待了将近十五分钟，救护车才挤进小巷。这时我发现我们正坐在剧院门口，头顶是舞台剧版《玛丽·波平斯》的巨幅海报，玛丽阿姨举着阳伞正要随风飘去，不知道她又是去哪里。

“当时他还有体温。”L说。

那个陌生人，正是迟到的第三位房客，来自叙利亚的心外科专家M，将在帝国大学医学院担任三个月的访问学者。我曾在医学杂志上读过他的文章。他并没有和我们握手，医生都不太喜欢握手。我们互相点头致意。

很多很多年以后，我会独自走过大阪城的夜色，那是开满樱花的夜晚，年轻人穿着浴衣结伴赏花，静得只听到木屐叩击地面的声音，以及花瓣落在发间肩头时心跳般的噗噗声。那时我会想起这个夜晚。想起我们三个人白色汗衫上的血迹，像樱花花瓣一样洋洋洒洒地蔓延。

那是MSN Messenger关闭全球服务的前夜，M早已完成英国的学术交流，在参加另一项无国界医生行动之后失去了联系。而我与L也已多年没有通过音信。我到酒店商务中心给L留离线消息，对话框打开后踌躇很久不知说些什么。分别这些年想必彼此变化都太多，所以也就没有什么可以说，最后只留给他我最新的电话号码，说下个月会路过加州。

L的消息在深夜抵达，只两个字：回见。

人工智能的终极梦想，是建立一个可预测的世界模型。但L还没来得及实现他的终极梦想，他的第二个梦想就率先解体，交往五年的女朋友毫无征兆地嫁了别人，给他寄来一张电子邀请函。

“为什么要学计算机呢？或许我该学物理。在物理学中，你起码有个小滑块可以退一下，你有机会碰一碰这个世界，还有把你拉住的重力，多有人情味！啊，还有光，研究它的速度，研究它的质地。我究竟为什么要学计算机？”失恋的L喝着啤酒在厨房里絮絮叨叨地提问。我又为什么成为一个整形医生？在我切开病人肌肤的那刻，也常常情不自禁地怀疑科学是否是种可怕的存在。但除却自然天地，真实的东西鲜少美丽。人就是一件件残次品，他们具有的情绪与感情亦是如此。总要有人负责修理、维护、缝补。

“你说，人心为什么这么复杂善变？”夜很深了，L自顾自地继续他的十万个为什么。

我毫无睡意，但对答案一无所知，就像我不知道一条河为什么流向这里而不是那里，一片雪为什么落在这座山上而不是那座，一朵云为什么是这个形状而不是那个。

其实我也有问题要问，比如说美的标准究竟是什么，比如说为什么抽取多余脂肪比修补一个孩童破损的容颜更能赚钱。我也不知道为什么有些人可以拥有天赋，而有些人只是心怀盲目的热诚。但后来我知道，天赋并不是上天赐予人类的最珍贵的礼物，遗忘的能力才是。

“或许我们可以采取脱敏疗法，每次他提起前女友的名字，我就揍他一顿。”M提议，“我是跆拳道黑带。”

“有多厉害？”
M让我站在厨房中央伸出手，还未等我反应过来，他已踩着我的手从我头顶翻了过去。

L放下啤酒罐大力鼓掌：“好身手！为什么当医生，当刺客不好吗？”

“是啊，说说，你为什么当医生？”

“我喜欢上邻居家小姑娘。”M没有抬头，喝着他加蜂蜜的薄荷茶说，“她心脏不好，我就想，长大了我当医生，给她治病，她就得嫁我。”

“后来呢？”L追问。

“后来她被美国来的专家治好了，我拿到执业资格那天，她已经是两个孩子的母亲，丈夫是个非常好的人，在银行工作。”

L黯然。

“敬世界模型！”我赶紧举杯。
“敬世界模型！”M微笑。

“敬无常的人心！”L大喊。

第二天L跑去系里找导师，放弃即将到手的保送名额和全额奖学金，准备前往美国西海岸重新开始。就像他说的：仪式感很重要。我记得他去递交签证申请的那天，伦敦地铁遭遇恐怖袭击。人群匆促走过古旧的黄砖楼，沉默地赶路，有乱世的感觉。

仲春的洛杉矶，繁花似锦。我下榻的酒店在为晚上的婚宴做准备，场面热闹而混乱。策划公司已搭建好通往海滩的白玫瑰与素馨花拱廊，孩子们牵着气球横冲直撞，脚步声嗒嗒嗒。我到大堂的时候，L正坐在角落耐心地等，隔着暮色看是多年前一模一样的眉眼。一瞬间觉得时间深不可测，不知道事隔多年，他的情伤好了没有。或许已经是功成名就的工程师，顺利娶妻生子。就像《男人四十》里林耀国与妻子文靖，相敬如宾，闲来在客厅背诵苏轼的《前赤壁赋》。电视里播着长江的壮美风光，厨房里一锅汤却炖坏掉。

就是这样的简单琐碎，像一个被执行了上百万次的程序，叫人安心。

他站起来大力拥抱我："走，带你去吃饭！"

一号公路的悬崖下惊涛拍岸，夜色四合，一切茫然。

"不知道是南美洲哪一只蝴蝶扑闪了翅膀。"我对着不见底的黑暗叹息。

"理论上来说，如果蝴蝶效应能运用数学模式来表述的话，我们就能找到应对各种气候变化的方案，甚至是金融海啸。"他知道我在说什么，"但是现实中这根本做不到。"

"为什么？"

"高级计算机也只能处理小数点以后九位数的计算，如果九位数以后的数无限放大，错误就无限放大。"

"各种错误累积，原来没有负负得正这种事情啊。"

"对，并没有。"

"真是残酷人生。"

到餐厅他为我点了瓶啤酒，Astra，标志是锚与心。

“感情顺利？”我问。

他笑：“真爱就和鬼一样，从来只听说别人遇到。”

“生意可好？”他问我。

“还行。”我答。此次在洛杉矶美容医学论坛上，我做了主题为“针灸对注射微整形之借鉴作用”的报告，反应热烈。如今我拥有自己的诊所，生意过得去，允许我拥有些许骨气，不必为高昂费用而盲从客人的要求。这行缺的不是技术，而是品味。当我修复病人的面部神经时，有时会想起L曾说过的：恢复残损的硬盘，像拆一只茧，而彼时的M又在哪里修复谁的心？

当年寄居帝国大学学生宿舍的三个人，一个为世界寻找最终解答，一个医治心，我最没用，是个解析皮相的整形医生。“只塑造自己心目中完美女性的皮格马利翁”——曾有采访过我的时尚杂志这样形容我。我对此不置可否，因为我并没有爱上过自己的病人——那些我用刀剪塑造出来的作品。

L吃着薯条说：“我的研究项目进展顺利，我们在研发具有情绪关怀能力的机器人。程序的工作原理是建立模糊数据库，根据你的情绪调整反馈，给予情绪抚慰和心理疏导。完成后将用于抑郁症和自闭症的辅助治疗。”

我在名古屋丰田汽车博物馆看过机器人跳舞，说实话，那场面并不让我特别舒服。我真害怕那几个机器人真的对我露出人类的表情。

“那世界模型怎么办？”

“把这个世界交给别人去照顾吧，其实我们和这个世界的关系并没有我们自以为的那么密切。”L在薯条上蘸满番茄酱，“但这些情绪抚慰机器人是不同的，它们可以为你提供真实确切的陪伴。”

我在酒吧昏暗的光线里打量他熨烫过的衬衫，薄薄的金表，不知道他这些年究竟花了多少力气努力与这个世界发生关联。

“你有M的消息吗？”我问。

他点开链接后将手机递给我，那是一篇某医学奖项的受奖辞，世界知名的叙利亚籍心外科医生穆沙罕回顾了自己的执业生涯，并谦逊地感谢了自己的同事。在谈及自己从事医学的缘起时，他提及自己少年时代瞒着家长陪伴邻家小姑娘前往戈兰高地寻找美国医学专家的往事。但是他们还未抵达高地就遭遇了突发的空袭，那个名叫妮米佳的小姑娘就在他身边停止了心跳。

演讲最后是穆沙罕的生平简介，他在伦敦的短暂停留也被提及，而他名字后面的括号里写着（1971–2012）。我愕然地抬头看向L：“发生了什么？”

“他以叙利亚医生的身份为一名以色列女童进行了心脏移植手术，手术的成功甚至在西方世界引起轰动，我在洛杉矶当地报纸都读到相关报道。手术后一个月，他在位于戈兰高地的国际人道主义医院遭遇极端组织袭击。当场失救。”

我饮尽杯中啤酒，不知道该说些什么。

“要下雨了，天气预报说今天的降水概率是85%。”L的话音还未落下，雨滴已啪啪地砸在车窗上，他的唇角弯起一个浅浅的弧度，大概是因为这错综复杂的概率组成的世界里这个小小的确定。

从酒店建在悬崖上的停车场可以看见婚礼的烟花开在细雨濛濛的半空。L摇下车窗，拿出手机来拍了一张。风太大了，雨飘进车内，他随即关了车窗，伏在方向盘上侧过头去看烟花，明灭的光洒在他脸上，此刻看，他的面容还是添了风霜的。听到他说："这么好的日子不常有，所以，要好好记得。"

烟花穿越风雨抵达半空，倔强地炸开。昏暗的海面瞬间被点亮又隐没。而年少时代的遗憾并未熄灭，只是转而投向更深更沉默的内在。

就像那个希腊神话中的塞浦路斯国王，我们在心中描画着爱人的模样，以幻想建造沙城。我们爱的人们却总在一步远的前方，若即若离之间刻画我们的命运。所以我至今孑然一身，因为我还在寻找错误百出的皮相下那个完美的灵魂。所以L放弃世界模型研究情感机器人，只为实现永不背叛的、毫无条件的、二十四小时无间断的爱与关怀。所以M一遍遍修复破损的心，不问世事缘由。生命之初爱过的人在他身边停止心跳，从此以后他医治的每一个患者都是她，他触碰到的全是她的体温她的鲜血她的心跳。所以他微笑着告诉我们：她得到痊愈，嫁人生子，一生顺遂。

这世界上大概再没有什么比爱更无用也更伟大。

"嘿，开心点，都过去了。"L拍我肩膀。

But to where? 我在心底轻轻问。

# 你喜欢的一切，最后都会变成一座碑

文 / 吴惠子 作家 广告创意 @吴惠籽

1

路过公主坟，我没看见过坟。

但是长坂坡真的有道坡，二十多年前我就是在那里投的胎。

有一年我回去，发现他们居然把长坂坡的塑像拆了，取而代之的是一小片极丑的街心花坛，非常丑，让我一直耿耿于怀。

从小我妈就跟我说，塑像是骑马的赵子龙，他怀里的小孩是刘备的儿子阿斗，当年赵子龙跟着老大逃跑又掉头，单骑救主，突出重围，是个英雄。虽然我妈做饭好吃，却不懂三国，以前的女人都这样，热衷于给丈夫孩子织毛衣，所知甚少，不问战事，也不会跟我多说一句阿斗的妈妈甘梅。

书上都说甘梅长得好看，肌肤如玉，我没见过，不过男人不论当不当老大，都喜欢皮薄馅儿厚的漂亮姑娘，这个我信。书上还说，刘备刚开始娶一个死一个，后来很迷信，结婚的时候决定纳甘梅为妾，不敢给她转正，怕她又死。甘梅有一回做梦，梦里吞了一颗北斗星，结果后来就怀孕了，于是给儿子起了个名字叫阿斗。做梦吞星星这件事，听起来好文艺。

但你说甘梅倒不倒霉，曹操追来了，她老公急忙扔下她和儿子，带着兵跑了。无语。

还有那个糜贞，也是刘备的老婆，为了让赵子龙救下阿斗，怕他的战马不够那

時光漫步 / 冲锋

么多人坐，为了腾地方，自己投井死了。糜贞在过去绝对是富二代，家里殷实巨有钱，但是我估计她没有甘梅长得好看。但是她也爱刘备，所以爱屋及乌，可以舍命救情敌的儿子，真伟大。

最后赵子龙好不容易杀回去救了甘梅和阿斗，不料老大接过劫后余生的儿子，不仅没有喜极而泣，反倒一把摔在地上，对下属振振有词，大概是说小小犬子不足挂齿，差点害死他一员猛将。这个看起来也挺让人无语的，如果我是甘梅，就跟刘备拼命，敢摔我儿子，定睚眦必报摔他的汗血宝马。但我猜其实刘备为人父亲，肯定也是爱子心切，但是碍于江山社稷，君王面子薄，喜怒也不敢形于色。

长大后我终于懂了，一将功成万骨枯，其中必有一枯，是心地纯良童叟无欺的自己。

2

我家住在长坂坡附近的熊家山顶，我奶奶活着的时候住在太子桥边。我们县城里的人，去远郊的玉阳镇，必经一座破败的张飞亭，亭下立碑，刻着“张翼德横矛处”。小商贩把擦汗的毛巾搭在碑上，借着阴凉卖甘蔗和茶鸡蛋，石碑周围都是踏烂的紫色甘蔗皮。每逢此景，必定心疼张飞。我觉得自己的多愁善感就是从那时候开始的。

这座小县城曾经到处都是三国古迹，英雄战马的铁蹄踏出的珍珠泉至今还在清澈远播的梵音中冒着白白的雾气。只不过寺里山上的兔子和野鸡，都在大雪纷飞的时候让当地的地痞流氓烧杀掳掠，变成了特色火锅。

寺里的和尚就知道念经，也不知道出来管管。

我总是像这样瞎操心，所以刚上小学的时候成绩不好，不好好写作业，十个拼音八个不会，我妈教完我，还不会。她就生气，罚我在厕所跪搓衣板，跪着写作业，还一边气哼哼地说我是扶不起的阿斗。我问我妈是什么意思，她心情好的时候就解释说恨铁不成钢，心情不好就解释说烂泥巴扶不上墙。

年纪小，听不懂。觉得汉语拼音就是恶魔的爪子，在它把我的膝盖刨烂之前，我的语文成绩迅速蹿到班里前列。八岁的时候我妈带我去了趟桂林，回来后我文思泉涌，写了一篇游记叫《桂林山水甲天下》，在课堂上被老师诵读，同学们都投来嫉妒的目光。我自此立誓，长大后要变成一代文豪。

但是后来发现文豪的下场似乎都不怎么好。先说外面的。据说荷马是瞎的；但丁家族没落，从小他妈就没了，最后自己还客死他乡；莎士比亚家里有钱，但是没毕业他爸就破产了，还要去肉店打工。再说回来，曹雪芹的小儿子去世，他自己一病不起到最后都没钱治病；李白等一行诗人都是酗酒狂人古今皆知；屈原投江，一心求死，所以抱着大石头，生怕自己跳下去后又浮出汨罗江；司马迁的故事大家也都在书里看到过。

啧啧啧。

不忍卒读，想想就疼。

长大后我懂了，做人还是不能想太多，没用。

3

南方冬天没暖气，冷起来要人命。我家有。

因为是烟厂家属区，有自己的锅炉房，冬天大炉子烧得滚烫，家里的暖气片也滚烫。从小我妈就偷偷放暖气片里的热水让我烫脚，厂里的人都这么干，锅炉房的师傅一急，经常往水箱里倒煤渣，后来水变成黑色，混着一股刺鼻的二氧化硫味道，我妈就让我先泡，泡完用干净的热水再冲一遍，太机智。

我现在怀疑小时候总生病可能是因为洗脚洗多了，中了锅炉房下的毒。

那时候隔三岔五就发高烧，加上爸妈离婚，家里没男人，都是我妈自己背着我去医院。我家在熊家山顶，医院正好在长坂坡顶，从烟厂的后门走小路，穿过几个鱼塘就能到医院的后门。

鱼塘主人养了几只羊，每次我都趴在我妈背上，让她捡地上一颗颗的豆豉，回家后爆炒辣椒，很下饭。我妈就说，打完针回来再捡，这会儿捡了没东西装。

一来二去，医院的护士都认识我了，好几回烧成肺炎，医生都摇摇头，让我妈把我背回去，说孩子没救了之类的。我妈就边哭边把我往回背，到家就把我扔在沙发上，然后急匆匆跑去找隔壁单元的张师傅。

长坂坡上神人多。

张师傅是做拖把的，他个子不高，脑袋很圆，鼻头很红。平常总在我们那栋楼尽头的空地上做拖把，五颜六色的拖把穗几乎都是附近楼上的人淘汰的秋裤或者被单。我家的拖把，十几年都是从他手上买的，我不穿的秋裤也会拿给他，剪碎了给别人家用。他除了做拖把，还会替人算命。医生救不了我的时候，都是他救我。

每次我妈喊他来家里，他都要作法发功，摇头晃脑，嘟嘟囔囔，完全听不懂，结束后还在两张黄纸上画符，烧一张让我喝，然后在我的床头贴一张。作完法，张师傅依然回去坐在小板凳上继续做拖把。

就这样我家到处都贴着符，那时候是用糨糊贴，特别牢，粘上之后真的撕不下来。有时候半夜上厕所，看见黄符，能把我吓个半死。

那家总说我救不活的769医院，后来被改了名字，叫长坂坡医院。但是他们这帮莫名其妙的人，为了盖楼，居然又神不知鬼不觉地把我奶奶家门口的太子桥给拆了，换成了一座碑。

又是一座碑。

我奶奶说，我喜欢的一切最后都会变成一座碑。她说得好抽象，我没太懂。但是我奶奶去世后，真的变成了一座碑。

长大后我还懂了一则小百科，以前我让我妈捡的那玩意根本不是豆豉，是羊屎，是后来我看到家里兔子拉屎后觉得似曾相识，就跑去问我妈，她才告诉我的。好险。

4

自从发现自己无法从苦其心志饿其体肤中体悟人生变成文豪之后，我就一心想当官。尤其是我小学三年级当了一学期的路队长，便从此一发不可收。

路队长就是放学后举着小黄旗带路的，我带的那条队伍都是住在子龙路上的孩子，人员结构很简单，因为子龙路是爬上熊家山唯一的路，山脚下是市政府，山顶是武装部，再往里就是卷烟厂。

放学后大家在教室门口站成一队，清点人数后就出发。路队长负责带头过马路，等红绿灯，谁先到家，谁就先离队。我经常走到人多的地方就故意停下来整整队伍，立正稍息立正，大家都听我的，感觉很威风。

一般队伍到山脚下，就只剩烟厂的孩子了。我们互相都很熟，便立刻一窝蜂钻进山脚下的大铁门，从山上抄小路。小时候觉得什么都很好玩，队伍里的男生经常会给我们女生表演吃蚂蚁，对，就是抓一只蚂蚁放进嘴里咽下去。真蠢。

每次吃完蚂蚁一定会砸马蜂窝，砸完就背着书包拼命跑，我一般都是提前跑出很远看他们砸。终于有一天，他们扔出去的石头砸到了大树深处别人家的玻璃，再后来马蜂窝就不见了。

我从小就看格林童话，所以坚定地相信这个世界上的某个角落会有一大笔宝藏。有一次我和一个姑娘捡了两把钥匙，我和她高度一致地认为钥匙可以开启某处暗藏的金银珠宝，于是我俩就背着队伍里的其他人，偷偷把钥匙包起来，埋在了以前挂着马蜂窝的大树下。我们挖了个坑，约好找到地图后再回来拿钥匙，不然拿回家怕被别人发现。这是真的。

可能是小孩子忘性比较大，厂里有了统一的班车后，我们第一小分队就解散了，我俩也没去找地图。大家都坐班车回家，很少再从小路爬熊家山。

后来我稍微长大了一些，和我表姐有一次路过那棵大树，我说你信不信，这棵树下有两把钥匙，是我埋的。她不信，我说我挖给你看。那两把挖出来的钥匙一直被我小心翼翼地收在铅笔盒里，最后被我妈在卖废品的时候卖了。

当路队长的时候，还有件事情我一直不敢说，怕我妈知道了骂我，所以憋了很多年。那会儿我们队伍里有个男生姓毛，我给他起了个外号叫毛毛虫，我特别喜欢让他单独表演吃蚂蚁给大家看。那半学期他老老实实吃了很多只。我还回家跟我妈说你知道那谁谁谁吗他居然吃蚂蚁。我妈说是吗，他脑子是不是有病啊。我说没有啊，他数学成绩很好的。

小时候我以为自己只不过是很喜欢当官，颐指气使，爱欺负人，长大后我懂了，原来那种感觉叫喜欢。那时候长坂坡上有赵子龙和他的骏马，阿斗还在英雄的怀里酣睡，我们都还不到九岁。我就说吧，长坂坡上神人多，我和毛毛虫也是其中两个。

5

但是我真的非常不喜欢坐烟厂的班车上学，因为班车上混杂着高年级的学生，轮不到我当老大，加上那会儿我个子矮、脑袋大、家里没爸，有个男生就很喜欢欺负我，抢我的座位，揪我的辫子。他欺负人的时候，别人都不敢说话，大家都很怕他。

当时我经常放学回家就跟我妈哭，说那谁谁今天又怎么怎么了。然后我妈一打听，发现他爸他妈和我妈志同道合，就立刻约了一桌麻将。他妈脸上有块很大的胎记，看一眼就忘不了。我妈边摸牌边说：回去跟你儿子说，以后不要在班车上欺负我的女儿，他爸妈说：行，没问题。

扯吧就，他根本不听爸妈的话，变本加厉地欺负我。后来他爸妈和我妈变成了亲密的麻友，我妈还把他叫到家里炖鸡给他吃，想尽各种办法也改变不了他欺负幼小的恶劣本性。他终于上初中不再坐班车的那天，我简直如获新生。但是这依然给我幼小的心灵留下了重创，他的名字我记了二十年了，觉得自己再记二十年没问题。印象里曾经听我妈说过他后来的样子，好像打架还是吸毒，又好像是打他妈，总之没有变成一个善良的人。

长大后我懂了，恶人自有恶人磨，轮不到你和我。

6

烟厂的班车队有好几个师傅，其中一个年纪大的姓王，车开得好，人也很好，慈眉善目，笑起来眼睛像弯月亮。有时候放学我妈没下班，家里没人，我就会跟着王爷爷去车队大院里写作业，等我妈。

不开车的时候，王爷爷一般都在院子里洗洗车，擦擦座位，然后就戴上手套开始编花篮和簸箕，编好的篮子拿去卖，还带好看的图案，很精致。那是篾匠干的活儿，我还跟他学过，但是那东西太锋利，很容易划伤手，我也就看看。我家买菜的篮子就是王爷爷送的。

我妈说王爷爷在我很小的时候就照顾过我，我没印象，记不住，但就觉得跟他很亲。

那个大院离我妈的车间只有一墙之隔，有时候我妈上夜班，我会翻墙过去，在车间里乱窜，最开始是卷烟机，再后来是PS板，还有大型铡刀和印烟盒子的海德堡。

领导来检查，我妈就把我藏在车间的废纸盒了里。纸盒了很大，我个子小，躺在里面，上面盖着铜版纸根本看不出来。经常领导走了，我妈跟别人聊天忘了喊我，我就躺在盒子里睡着了。我长得挺好看的一个小姑娘，从小就沾满了烟草味。

不过那味道确实好闻，满车间都是金灿灿的烟丝，和点燃后的味道不一样。因为很早就在车间混，厂里很多叔叔阿姨都认识我，他们给我讲各种奇怪的故事，印错的铜版纸会帮我用铡刀切好，装订成册，让我拿回去当草稿纸。别的同学草稿纸是买来的，字都写得特别小，特别整齐；我的草稿纸则乱写乱画，不经意间翻到背面，可能还能看见他们爸爸抽的烟。当时我觉得特别有优越感，恨不得抄篇课文都打打草稿。

卷烟车间都是三班倒，我妈以前是小工，后来代班当了班长，就会明目张胆地装一包散烟，让我翻墙出去拿给王爷爷。后来厂里效益不好，班车都取消了，我就很少看见王爷爷。再后来我上初中，我妈有一天跟我说：你还记不记得王爷爷？我说：哪个王爷爷？

她说我忘恩负义，王爷爷就是哪个哪个。

我说：哦，想起来了，记得记得。

她说：王爷爷得肝癌死了。我挺疑惑，这么好的一个人，怎么会得肝癌？

我妈也没说话。

我在心里默默地算着，长坂坡上，又少了一位神人。篾匠王爷爷编的花篮比姑娘还美，他有一颗温柔的匠心，死后却没有人给他在长坂坡的尽头立座碑。

因为他是外地人，他的碑立到他老家去了。

长大后我懂了，吸烟真的有害健康。

阴阳 / 阿四

# 卡　在　你　的　生　命　里

文 / 张晓晗　作家　编剧　@张晓晗Oliver

0

S没想到时隔两年后见到N是这个场景。

急诊室的走廊总是弥漫着一股消毒水的味道，横几张病床，一些住不进病房的急诊病人，拎着吊瓶绝望地半躺在那里，偶尔呻吟两声。护士们拿着各种单据和药品忙碌地穿梭，脸上带着看惯大场面而滋生的惯性冷漠。各种嘈杂的声音中，所有人忙着自己的事，自己的痛苦，自己的歇斯底里和悲伤。

没人喜欢医院，S却钟情这样的场面：谁都没空多看擦肩而过的人一眼，急躁，狼狈，不快乐，却很真实。随便拍两个镜头，就是一个震撼人心的报道。

但她从来没想过，会在这个杂乱无章的场景里再次见到N。他坐在绿色的塑料椅子上，双手托着下巴，眼神放空看着地面，眼前的一切和自己无关，灵魂酷炫地躲在另外一个空间。不过，S却一眼看透了他的焦虑，他每次手足无措的时候都会盯着她的眼睛，只用五秒钟，脑子里已经过了整个故事的起承转合，思绪在无奈结尾时戛然而止，咬着嘴唇随意一笑，说这都不算事。他每次笑，都是扬起右边的嘴角，故作一副玩世不恭之态，把人生的无奈轻而易举涵盖在从鼻子里发出的那声“哼”里。从二十岁到三十岁，从来没变过。

S调侃过他，你为什么永远要摆出藐视人生的姿态？干什么事，演得尽兴，心里永远跑过一行滚动的LED灯，赫然闪着：我是道明寺少爷。

趁着他还没抬头，S躲进护士台。她敲敲桌子，指指N，问小护士怎么回事。小护士正在忙着填单子，探出头看了一眼，云淡风轻“哦”了一声：太太怀孕，大出血，正抢救着。S再看了一眼N，没再出声。小护士反应过来，再次抬头，扬起眉毛，熟人？需要关照？
她摇头，不认识，觉得挺帅的。小护士“哼哧”一笑，低头继续填单子，说S嘴里没正经话，和她镜头前三八红旗手的作风一点也不像。
她没听小护士再说点什么，抱着电脑，走进医生的休息室里，门虚掩着，正好可以看见N的鞋子。一双脏兮兮的球鞋，看得出他来得仓促。之前S跟N说过，我不喜欢你穿皮鞋的样子，穿球鞋的才是你，拒绝长大的少年。
说这话的时候，她帮他系着领带，浅灰色，缎面。他忙着穿鞋，忍不住跟S炫耀，说是去米兰订制回来的，如果男人到了三十岁，还没学会穿皮鞋，要么说明混得太牛B，跟乔布斯一样，要么就是混得太傻×。
S心里笑他，不知道他为什么永远都能把一些根本没逻辑的话，当成大道理对姑娘们讲出来。更可怕的是，姑娘们还深信不疑，并用这个标准去要求那些无辜的好男生。

N在镜子前站定，又是一副无懈可击的冠冕堂皇，他离开房间去楼下开会。S看着床对面的落地玻璃，外面是交错的高架路。2010年，S 二十八岁，事业上关键的一年，那一年她学会穿着高跟鞋追车两里地不带大喘气的，也是她出差最频繁的一年。她每次从柔软的高档大床上爬起来甚至记不起来，窗外的是哪一座城市。她和N没放过任何一个出差私会的机会。

凌晨五点，N一嘴轩尼诗味，吻着S做长长的爱，把她整个抱起来，把她的后背贴在玻璃窗户上，天亮起来，人却没到位，整个陌生的城市像是被完好地抛弃了。他对她说，你回头看。S气喘吁吁地回头看。
你看，这个世界只有我们两个人。
这句话是有温度的，在窗上形成了一小块雾。她盯着高速路一会儿，果然，没有一辆车经过，再回头看N，两个人一瞬间不知怎么的，红了眼圈。
S摸摸被揉搓在一起的被子，从被子上小心捏起一根N的头发，像收集一个不真实的纪念品。

1

那年S大学毕业，她学新闻专业，整个大学四年就是把理想抱负和斗志消磨干净。毕业那会儿晃晃悠悠，无处可去让她更显迷茫。不断地参加各种聚会，每一次喝酒都喝得泪流满面，就着廉价的扎啤背诵好几首壮志凌云的诗，搞得好像明天大家就要各奔东西为社会主义建设做贡献，再也不见似的，其实天一亮，在一堆烟头和酒瓶中站起来，一群宿醉的人谁也不知道自己该去哪里。于是晚上又零零散散地约局去唱歌，打牌，吃夜宵。

学校宿舍被收回，几人凑钱去租了一间便宜的房子。开始还买菜做饭，怀着要把生活过得生龙活虎的雄心，充满在这个城市站稳脚跟的抱负，没出一个礼拜，这间房子几乎变成一间廉价的招待所。每天凌晨回来睡一觉，睁眼之后就跑出去，先去麦当劳里坐着蹭Wi-Fi，投递一堆无用的简历，一边投简历一边跟同学打电话，看看今天谁有什么好消息，之后怂恿那个幸运的倒霉鬼请大家吃饭。无论在外面干什么，哪怕是站在小卖部门前看大爷下棋，也没有人愿意在房间里多待一秒，丝毫的闲置，都让人觉得灰心丧气。

青黄不接的那段时间，S在一次饭局中遇到N。她到的时候，看N正站在门口的路灯下，深情款款地盯着她一个大学同学，N的头发烫成那年最流行的粟米烫，风一吹，一把方便面在空中飞。

他靠在一辆银灰色的车上，嘴里说个不停，女生看着他傻笑，也不说话。S故意凑近一听，听到他在背圆周率。S经过他们的时候忍着，走到电梯里憋不住大笑出来。以前中学的时候，有段时间男生流行用小刀把女孩的名字刻在胳膊上，晃着血淋淋的胳膊，两只腿撑着自行车跟在女生身后背情书，但是这样靠在车上堵着女生背数字的倒是第一次见。

他们几乎已经狼吞虎咽地把桌上的菜吃掉了一半，N才牵着那个姑娘的手进来，把钱包阔气地扔在桌子上，说随便吃。S这才看清N的脸，旁边一个同学跟S耳语了几句。她点点头，又瞥了N一眼。原来就是他。

N曾是学校里的传奇，状元身份入校，上学时无恶不作，最后在校长宣读对他的处分时，他站在三楼，直接打开窗户对着下面撒尿，校长直接对着话筒咆哮“开除”。

被开除后他出去混着，用他纯情少年背圆周率的本事，搞定了几个款姐，圈了点钱，经营一家小广告公司。两年时间，大家毕业，他有了一点成绩，自然成了同龄人中最阔绰的一个，天天开着他那辆银灰色的敞篷小跑车到学校门口去泡师妹。

饭局里，大家介绍到S的时候，她正忙着吃一块红烧肉，没站起来，举了举酒杯算意思过。没想到N一拍桌子，瞪着S说她没大没小，问她今晚谁买单。大家吓得筷子都掉桌上了，没想到S丝毫不恼怒，把嘴里那块红烧肉咽进去，拿着酒杯倒上白酒，毕恭毕敬地在N面前一仰头干了，说：你买单。然后红着脸，继续把剩下的肉吃完。

后来N问起过S：你当时是不是故意在吸引我的注意？S说：是啊，想通过你的关系找份工作。N再问：不是因为一见钟情吗？S大笑起来：谁会喜欢一个泡妞背圆周率的人？况且你也不看看当年自己的造型，那头发，那竖起来的小领子，生怕别人不知道你有几个钱，车钥匙永远在食指上打转。N很严肃地对S说：首先，我不是背圆周率那么俗气的人，我背的是根号二；其次，难道你忘记了，当天你穿的是黑色丝袜配特步吗？

2002年的时候，谁也没想到，所有潮爆的流行趋势，会成为未来的笑柄。就像他们也没想到，会在大雪皑皑的异国他乡进行这段对话，裹着一条毯子，分吃空旷大房子里最后一块小饼干，像两只害怕活不过冬天的小老鼠。

2

毕业之后的第一个春节结束，S误打误撞进了一家很有名的报社。她离职之后才知道，是N托人给她写了推荐信，之后十年里，他从来没提起过。

她跑社会新闻，每天蓬头垢面地在外面奔波，时常安排暗访。所有暗访她最喜欢的是那次，穿得花枝招展揽着另外一个男同事的胳膊，她假装站街，乳沟里藏着一个小录音机。另外一个男同事假装嫖客。

她挺庆幸自己去过这家报社，不管当中过程如何，所有人对他们的印象是全中国最有良心的期刊。她刚开始工作时也找到了一点学新闻的初心。她从小对真实有点迷恋过度，没办法相信任何一本童话书。她不相信，白雪公主真的能吐出那一口苹果，爱情能让人死而复生。她合上书本，只觉得爱情只能让人死得更惨。

S和N在三年里，见过几面，互相调侃背圆周率的事，说完就再也没话了。每个饭局他都带不一样的姑娘来，一样的是，貌美，胸大，腿长，蠢。偶尔听他的消息，知道他生意起起伏伏，找了女大款还要开着跑车出去找漂亮的姑娘，难免混不下去，于是回老家跟着亲戚做建筑。

那次她的选题就是去采访民工的生活现状，去之前都已经安排好了，领导跟她说这个工地已经出问题了，情况岌岌可危。她明白什么意思，很多时候，他们的采访是落井下石，挑软柿子捏。S记得很清楚，那天她口袋里放了一支录音笔，吃完中饭抹着嘴上的油，只身去采访。在她推开门的一瞬间，沙发上，N坐在那里，看着地板。

抬头看到是S，N竟也不意外，倒了杯水放在她面前，右边嘴角轻轻扬起来，说了句“别来无恙”。

3

S待在医生休息室的沙发上，电脑屏幕闪着白光，一个字都没写下来，有人进来她就假装低头忙碌，麻木地敲击键盘，打出一排自己也看不懂的乱码，眼睛盯着N的那双球鞋。初夏的燥热开始了，窗外是停车区域，保安大爷心急火燎地喊着：倒，倒，倒。

2005年她因为报道和N有了几天的相处时间。他倒是丝毫没畏惧S的到来，反而像是老同学一样，带她在这座他熟悉的城市里走街串巷，S的录音笔一直闪着灯，而N呢，并不怕她记录下什么。她在夜排档帮他们开啤酒，易拉罐划伤了她的手指。N从她的手指上蹭了点儿血在指头上，放到嘴里尝了尝，扭头跟她说，你是不是A型血？S低下头，回避他的眼睛，一阵脸红。

那是一个以万年夏日著称的旅游城市，有长长的海岸线，到了旺季，街边都是海鲜排档和熙熙攘攘的游客，热闹异常。她坐在副驾驶座上，海风扑面，透过嘴唇钻进去的风都是咸的。之后车离喧嚣越来越远，路很宽，两边是笔直高耸的树，她才听清电台里放着的老歌。

N跟着音乐哼，跟S说：别睡觉了，好不容易来一趟，带你去山上看日出吧，也算没白来。S不想拒绝，但还是例行说：师哥，你别泡我了，我没办法，这篇报道一定要上的。

N点点头。那我给你个故事，让你回去交差。从小我爸就是做建筑的，每年工地上都会出意外，律师就带着二十万现金去找家属。家属在一边哭天抢地，律师坐在灵堂中间，任纸钱落在自己的头发上，什么都不说，看着时间，每过去五分钟，就抽掉一万块。直到现在，拿到最少钱的家属，是十四万。说完N扭头看她，再亲的人，也没人挨过半个小时，你觉得真的有正义和感情存在吗？

不知道是不是因为听到这个故事的原因，在山顶上，太阳升起来的时候，S抱着N，她偷偷把录音按键清零，只录下N的小声啜泣。他说他其实很害怕，怕自己真的会一无所有，他爸已经折进去了，不留点家底下来，大家都会说是我把家败了。
最终采访没有做成，S回去就辞职了，她发现谁都改变不了世界。

4
一年后，她去了一家时尚杂志工作，冬天也得光着大腿辗转于各个时装周，穿着借来的昂贵衣服，小心翼翼地维护着体面，却并没有变得有钱。

N呢，继续做着自己的生意，找着不一样的姑娘，有时用钱置换容颜，有时用甜言置换钱。他偶尔来找S，两个人有一搭没一搭地说着自己的生活，他给她讲自己的江湖故事，手指轻轻划过手机，出现一张张女孩的脸。S说N是自己见过的最不入流的一个人，酒肉穿肠过，人渣心中坐。

他们喝多了酒，一起翻墙进去大学的露天游泳池里，两个人喊着对方的名字跳进去，落水的时候她才想起自己根本不会游泳，只觉得快乐。
再次睁眼他已经在用吹风机帮她吹头发，皱着眉头骂她白痴。S很喜欢这个瞬间，抱住他的腰。他什么也没说，两个人之间只有吹风机呼啸的声音。
酒店的电视里放出一首歌，张国荣的《有心人》。
但愿我可以没成长，完全凭直觉觅对象，模糊地迷恋你一场。

5
2012年两人决定老死不相往来后，S突然承认了一件事。自己真的很贱，喜欢那种永远的少年。而永远的少年，都只做一件事。躲在墙角抽烟，通宵喝大酒，为你打架，深夜站在你家楼下红着眼圈说自己的脆弱。以上所有，其实都是一件事，他们只做一件事，想一切办法，让你爱他，然后扭头，再让别人爱上他。

N跟S讲所有不能和女朋友讲的秘密，他有一张长长的Excel表，记录了自己每一段鱼水之欢，详细缜密，逻辑清晰。他轻描淡写说出朋友之间的暧昧以及同一个女生的故事，最后的总结是：但是，我可是他们的前辈。眉眼中带着得意。
如果你看过几部台湾电影，就会明白，N是凤小岳演过的所有角色，S说，你一定会自负一辈子，在自负中死得不明不白。
然后N吻她，问：这和你爱我有关系吗？

6

2009年冬天，是N第一次决定结婚，为了未婚妻变卖家财去了美国，所有朋友都很震惊，特别是他的前女友们。S当时也有了男友，工作稳定，对她体贴，没有特别的好，没有特别的坏。当然，她做的一切都是一个二十七岁的人应该做的事情，学会了用眼霜和定期去美容院，学会了怎么和男人暧昧地说话，同时保持着距离。

岁月并不是杀猪刀，岁月是碗孟婆汤，只会让你变得假惺惺，最后假得连自己最初什么样子也记不得。

N打电话告诉S自己要结婚的事，S正陷在一片鬼哭狼嚎中。她小步退出包厢，站在KTV的门口，笑着说：好呀，恭喜。我朋友生日，有点吵，我们改日聊。挂了电话就冲回去，把手机扔在酒杯里，跳入狂欢中，喝到断片儿，第二天假装什么都不记得。

虽说如此，她还是在他的婚期前，找到一个去纽约出差的机会。他开了很久的车，去机场接她。他留了一撮胡子，还是跟第一次见到他时一个样，吊儿郎当靠在车上，手里还拿着本书，低头看着，感觉看了十年。他再怎么伪装，还是那个顶着泡面头穿着粉色的美特斯邦威翻出一个陆涛领的少年。S站在他面前不远处看他，站了好久，他才抬头，什么也没说，两步走上来，直接把她横着抱起来。他说，你变得轻了。盯着她的脸，仔细打量，问她是不是垫过下巴。

S说屁叻。N笑出来，说没想到你也能长成一个妖精。

S把头埋在他胸前，心里百感交集，那双红色底的高跟鞋晃在半空。

没想到，我也能长成一个妖精。

7

本来工作结束后，S应该回国的，N却要让S去家里看看，每一个设计都是自己的心血。当时未婚妻正回国探亲，S带N回家，推开门的一瞬间，看到家里的一切都是自己梦寐以求的，S就特别想转身拔腿就跑。S觉得，N把她想要的一切，都给了别人。特别是他自己。

那顿饭是不欢而散的，如果没遇上暴风雪的话。

晚饭时，S坐在桌边火急火燎地发着邮件，却怎么也发不出去；N在身后的水池边洗着盘子，说起未婚妻的点滴。他说：你知道吗？当时在大学被退学就是因为她，因为她揍了系主任的儿子。哈，不过再怎么说，我是他前辈，而且最后是我泡到了她。S站起来说：我想走了，送我去机场。一开门，发现路已经被暴雪完全封住了。

剩下的整整四天，两个人被困在房间里，失去了和世界的联系。先开始还可以争吵和闲聊忆往昔，到最后，只想少说两句话保存体力。第四天的时候，S终于在两个人一起吃一块小饼干的时候崩溃，对N说，觉得爱上他，是自己做的最倒霉的一件事。这是她第一次承认爱他，因为她觉得，说不定两人就这么饿死了。

N蒙了两秒，拿着车钥匙，把一床被子裹在S身上，要送她去机场。
S不肯，说现在这么危险，路上出事怎么办。N反问她，你愿意和我死一块吗？S用了五秒思考，拉上被子和一包饼干就跟着N上了车。千辛万苦到了机场，两个人都来不及好好抱头痛哭，就匆匆告别。他帮她买好机票，连“再见”也没说，她就这样稀里糊涂地被他送走了。

S上了飞机才发现手里还握着那盒小饼干，颤了颤嘴唇，想跟空姐要杯水，却变成了一发不可收拾的失声痛哭，长这么大没这么无助的一刻。感觉自己悬在半空，盘旋了那么多年，始终无法找到一个降落的机会。
她在机场对着他的背影大喊：你他妈不要结婚啊。
N没有回头，还是用食指旋转着车钥匙，最终握在手心里，和她挥手拜拜。S永远不会知道，N没有回头，是因为当时他也在难过。2009年，也是N最落魄的一年。他并没有结婚成功，还失去了一切，佯装出一副要接近幸福的样子，渴望瞒天过海。对呀，别忘了他心里的那行跑马灯。

8

2010年N回国，换成S去机场接他。N完全没了上次机场见面时公子哥样的洒脱，虽然嘴上还在说笑，但是眼神已经丧失了锐气。S把他带回家，帮他涂了满脸泡沫，小心翼翼地刮着他的胡子。N问：你为什么要这样做？S耸耸肩：你也帮我吹过头发。N说：你有没有想过，如果我没有交往过一百个女朋友，怎么学会帮女生吹头发？S不小心把他的下巴刮出一些稀稀疏疏的小伤口，然后抱歉地拍拍他的肩膀：这可是我第一次帮男生刮胡子。

S帮N租了房子，和男友断了联系，没说为什么，她觉得也不用解释自己奋不顾身爱上一个人这件事。她坐在桌边打工作电话，却分心看他在厨房忙碌，把葱姜蒜剁成小碎块，然后一起放油锅里，她喜欢那种味道。想到小时候过春节，自己趴在沙发上看电视，大人们纷纷忙碌，又热闹，又孤独，恰到好处。

S趁着工作间隙，写一点情话存在备忘录里，自己都觉得肉麻，不想给他看见。一天中最喜欢的时刻就是黄昏的时候出去买点水果，要穿过一条小街，两人聊着天，锁着手从街灯下走过。这样，持续了三个月，一天S回家的时候，看到N西装革履地坐在沙发上，开了一张支票给她，说是这个房子两年的房租，谢谢这段时间的照顾。

S点点头：不用客气，我们是最好的朋友，暴雪的时候你也救过我。
N没看她的眼睛，直接离开房间。S恍了几秒钟的神，转身追下去，跑到N面前，一耳光甩在他脸上，问他：你到底值多少钱？我买你。
N俯身吻了吻她的额头，没有说话。

2010年，金融危机过去了，经济渐渐开始好转。N找到了一个曾经和他好过的款姐，又圈到了一笔投资。N在S的留言簿里写下：我是要东山再起的。
S在留言簿里写的呢，是如果你什么都没有了，和我在一起好不好？

9

再次在别的场合遇到N，他又恢复了奕奕神采，S呢，还是心动得不行，看他在人群中看自己的眼睛，举起香槟杯浅浅笑着，都忘记了他的臂膀正在被别人挽着。

N说自己骨子里就是一个商人，没有办法，不想浪费聪明才智，哪怕在爱情里，也很明白，自己要用什么去置换什么。S问他，那么，你和我能置换什么？N说，就是因为发现你我什么都没得换，这笔生意就不做了。
说这话的时候，他们牵着手在台北逛夜市。她把一颗牛丸塞进嘴里。如果不做生意，为什么拖我的手？
因为喜欢，喜欢此时此刻的这种场景。N连这种不负责任的话，都能说得极其自然。

S从时尚杂志跳槽，去了电视台，专门做社会调查，在业内也有了点名气。N用了两年时间，渐渐回血，又摆出了超出从前的派头。不知道他们两个是否算过得越来越好了。N身边的女友络绎不绝，和S的感情，却从未上过议程。两个人好像因为认识的年月多了，也没强求什么，过好自己的生活，偶尔见面，看到对方都开心，做该做的事。
其实，是S从来没想过，会有这样持久的喜欢，延绵至今。

一次路过一家标称“×老板是个王八蛋捐钱和小姨子跑了，工厂清仓大甩卖”的店，正好在放戴佩妮《你要的爱》，放得整条街都听得到，竟然也放出一种撕心裂肺的感觉。S从外地回来，背着双肩包，就在那个路口站着，发现了一件很操蛋的事：原来过去了十多年，清仓的价格都从一元变成十元，她却丝毫没有长进。

来接她的男朋友看她站着不动，拎起她背上的背包问：怎么了？
S说：你知不知道我喜欢道明寺？

男朋友乐不可支，揉着她的头发，说：姑娘，你知不知道自己三十了啊。S挺难过的，又说了一遍：是啊，可是我还是喜欢道明寺啊。
她以为这位男朋友，真的一点也不懂自己，马上要和他分手才行，之后没多久，两个人就结婚了。

10

能和这一任男友结婚，还要托N的福。本来2012是“世界末日”，S和N约好去看一场演唱会，他们觉得如果全人类都死了，一定要一起听场演唱会。一时兴起，决定开车去别的城市，就是为了一些洋洋洒洒散在岁月里的老歌。一路上开着所有窗户，冷风灌满了整辆车，在高速上飞驰而过。两个人一起唱着歌，唱着大学时候，每个人都会唱的每一首歌。

刚入学的时候，还流行办舞会，两个交错旋转的大圆跳着圆圈舞，女生里圈，男生外圈，不断地交换舞伴。跟台湾的学校学的，杨海薇的《第一支舞》。后来S因为工作关系去KTV听过演唱者本人唱歌，她坐在一边激动得都说不出话。但是又很想告诉她，你当时要是多唱一个“耶咦耶，啊，哦耶”什么的，我就能在这首歌结尾的时候牵住N的手了。这样的话，故事会不会有些不一样？

S和N在半途经历了世纪大堵车，两个人在车上等得心急火燎，最后N说，我们下来走走吧，还没走过高速呢。S说好呀。两个人就这么走着走着，N随口就说出来：知道我为什么喜欢她吗？我大学时候跳舞，第一个牵手的女生就是她，之后做的所有坏事，只不过是为了引起她注意，再然后为她打架，为她退学，为她成为她想要的男朋友的样子。我就是喜欢，没有什么为什么，你懂吗？之后他唱起了其中一句：只要不嫌我舞步笨拙，你是我唯一的选择。

S听到这里已经泣不成声了。我怎么可能不懂？你这个大傻×。她心里想着。

那次演唱会谁也没去成，知道女孩回头找他之后，S转身就朝着相反的方向走了。N没追她，在她身后大喊着，1.41421356237309504880……每个数字都被揉碎在风里，他喊得越大声，她越听不清。
她捂着耳朵，想着，多么自负的一个男生，才会去背根号二。这是他对她说的最后一段话，一串逻辑的数字，不代表爱，也不代表不爱，只代表他会背根号二。

她打电话给男朋友，之后蹲在路边等他。他开车赶到的时候已经是凌晨了，S抬头看着他，说的第一句话就是，咱们结婚吧。

11
后来不知道等到几点，S已经躺在沙发上睡着了，小护士推门进来，拍拍她的肩膀。S一睁眼，就是一脸慌张。小护士说，你说帅的那个，母子平安。S木然地点点头，坐直身子，才发现出了一身冷汗。

已经凌晨三点钟，S浑浑噩噩地从医院里走出来，开着车狂飙到龙腾大道。对着黄浦江一直哭一直哭，哭到天亮。先生打来的电话没有间断过，手机几乎都要震到没电，手机亮着的最后一下，她发短信给他，说：还是离婚吧。

对于N的承诺，只有过一条，她兑现了。当再也不要想起对方的时候，就写一个故事给这段心碎的半圆。她叫S，随时准备爱你，Stand by的S；他叫N，永远不会长大，Neverland的N。

她坐在水泥地上，抱着膝盖，看着天一点点亮起来。S觉得，人生好像一个沙漏，生命不过是上面的沙子要一点点落到下面的部分。但为什么我们那么倒霉，遇到那颗卡在你生命里的石头？自从它霸道地落在中间，时间流过，带来了皱纹、赘肉和眼袋，关于变老的每一个细节都是真的。只是，我们再也不会长大了。

# 窗　外　有　猫　吗

文 / 陈谌　90后作者　吉他手　@陈谌CC

来到这个城市第三个月，我依然在给自己找一个栖身之所。

前些天在报纸上看租房信息，无意中瞄到一间地处繁华地段的高层单身公寓，租金一个月才一千。当时我的第一反应是自己一定看错了，毕竟现在这个年代，在这样一座大城市里，这个价格简直就跟白送无异。

揉了揉眼睛凑近报纸读了好几遍，才确定上面白纸黑字写的确实是“2室1厅1卫，精装修，楼层19，1000/月”。我琢磨着这八成是报纸印错了，要么就是发租房信息的房东吃错药了，即使再不缺钱也不至于登这样一个价格吧？我深信这样一间公寓一个月两三千都妥妥有人抢的，不知道这究竟是在搞什么名堂。

我半信半疑地打了个电话过去问，房东说房子还在，有不少人看过但依然没有人租，还说我随时都可以过去看房子。在好奇心的驱使下，我下午就迫不及待地坐公交车到了那里想看一看究竟。

这是一个很高档的小区，环境、绿化、基础设施都非常好，里面停满了私家车，房子的楼层也都非常高。我照着地址找到了那栋楼，坐电梯直达十九层，房东已在门口等我。

房东是一位六十来岁的老人，神色语气都很平静，和我简单寒暄几句后，他就带我看了那间公寓，无论采光通风都非常好，因为是十九楼，视野也非常开阔，房子装修得也很不错，有空调有电视有热水器有洗衣机有网络，所有东西一应俱全。

我转了一圈，确定一切正常后，转头问房东道：“这房子确定一个月租金一千吗？这么便宜？”他很和蔼地笑了一笑，然后缓缓地说：“是啊，已经有无数人问过这个问题了。”我很惊讶地追问：“那他们为什么都不租下来呢？”他说：“你别着急，我还没有跟你说这套房子的故事呢。”我心里一惊，心想这房子还有故事，难道是闹鬼的凶宅吗？

他找了张凳子坐了下来，示意我坐在他的对面，然后跟我讲了一个很不可思议的故事。

“这个房子原本是我一个老朋友的，他姓艾，年轻时奋斗了很多年，后来经营了一家公司，有了不少钱。可是他直到四十岁才有了一个女儿，名叫艾落落，家里人都叫她小艾。因为他老来得子，这个女儿对他而言就像掌上明珠一样宝贝。

“女儿长大后，婚姻大事就成了首要问题。小艾长得很不错，但是由于她老爸对她的管束向来很严，她平时很少和男人接触，即使有看上她的人，她的家庭条件也让他们望而却步，不敢高攀，所以她一直都没有找到什么好人家。

“大概三年前，小艾觉得自己被她老爸管得太多，为了有机会去认识自己想认识的人，就想搬出来自己生活。她老爸为她买了一套房子，就是这间单身公寓，应该也是这个地段最高档的公寓了。她老爸真的很疼她，为她花多少钱都愿意。

“她搬进来以后，起初也过得挺自由，但是日子一长难免觉得寂寞。直到有一天晚上，她忽然听到卧室窗外传来了猫的叫声。这个小区里有钱人多，养宠物的也不少，尤其养猫的居多，但是从十九楼的窗外传来猫的叫声还是非常诡异的一件事情。

“她打开窗户往外看去，原来在十九楼的窗户底下有一个很窄的平台，在楼道里游窜的猫可以轻而易举地跳上来，而猫这种动物，在发情的季节，半夜叫得厉害也是很正常的一件事情。你可以随我过来看一看这个平台。”我随着房东到卧室的窗口向下望去，果然有一个很小的平台，虽然很窄，但是以猫的敏捷身手，跳到上面真的不成问题。

靠在窗边，房东清了清嗓子接着跟我说道：“接下来发生的事情，都是后来小艾自己叙述的，我至今也觉得难以置信。她是一个很喜欢猫的女孩子，就趴在窗口把猫抱进了卧室，没想到猫一碰到地板忽然就变成了一个男人，长得俊美无比。她站在原地愣愣地看了很久，还以为是自己的幻觉，可是对方非常恭敬地给她鞠了一个躬，牵起她的手跟她跳起舞来。

“由于她从来没有如此近距离地跟男人接触过，一舞过后，她很快就迷恋上了这个俊美的男子，并和他发生了关系。事毕后，那个男子起身走到窗边，做了个手势让小艾帮助他落到那个台子上。他一接触到台子瞬间又变回了猫，然后便迅速消失在了夜色里，其间他一句话都没有跟小艾说过。

“从那以后，每天晚上都会发生这样的怪事。一到深夜，窗户底下就会有猫的叫声，小艾打开窗户都会看见一只不同毛色的猫，把它抱进房间后它就会变成一个男子，虽然每天都不是同一个人，却总是无一例外的俊美。两人共度良宵后，小艾就会帮助男子回到台子上，他又会变成猫跑掉，不留下一点痕迹。

“她说她也曾想过和那些男子交流，和他们聊聊天，甚至谈谈感情，但是他们从来都不会说一句话，总是跟她做完就走，也不曾想过留下来。小艾隐隐觉得这应该是一种不允许被破坏的规则，大概由于他们的本质依然是猫，所以只具备交配的能力，没有与人交流的能力，更不用提谈感情了。自己反正每天都有人做伴，有乐子可以找，还不用担心会怀孕，既然没有任何后顾之忧，何乐而不为呢？

“不过她最终还是到了要结婚的年龄，她也说服自己不能沉浸在这种无果的快乐之中，所以当她爸爸介绍了一个门当户对的男人给她认识时，她也坦然接受了这段婚姻。她告诉自己，婚姻和爱情是两回事，过日子肯定不会有那么多激情，自己也该收收心，当一个持家的本分女人了。

“她爸爸给他们举办了一场非常盛大的婚礼，当天的来宾非常多，都是这个城市里有头有脸的人物，小两口敬了一圈的酒也难免有点微醺。婚宴过后大家把他们送回新房后就散了，也没有闹洞房，只希望他们能好好休息一下，而他们的新房正是这间公寓。

“那天晚上新郎大概喝得胃不太舒服，就靠在卧室的窗户上想透一透气，而小艾此时也醉得有点意识模糊了，看见新郎站在窗口，竟然习惯性地误以为是猫准备要跳上台子走了呢。后来的故事我不用说你也想得到了吧？小艾亲手把她可怜的新郎推下十九楼摔死了，毕竟人和猫不一样，那个台子接得住猫，却没法接住一个人。十九楼呢，啧啧，虽然当时我不在现场，但依然可以想象有多惨。”

听房东说完，我的背后冒出了一阵冷汗，心想原来这个房间发生过杀人案啊，但这未免也太离奇了一点，就好像童话故事一样。

我对房东说道：“难怪这个房子这么便宜都没有人租呢。可是它为什么会到了你手里呢？还有小艾她后来怎么样了？”
房东笑说：“小艾后来去了哪里我不知道，也不能告诉你，我只能告诉你她爸爸最终把这房子给了我，而我因为自己有房子，所以就把房子拿来出租。但我是个讲原则的人，我觉得我有义务把属于这间公寓的故事告诉租房的房客，价格就是这么便宜，至于你敢不敢住，那就是你的事情了。”
我听毕哈哈大笑，觉得这一定是房东跟房客开的一个不大不小的玩笑，我向来是个不信邪的人，于是便租下了这套房子，以一个月一千块的房租。

搬过来之后，我却从来没有在夜里听到过窗外的猫叫声，甚至连猫的影子都不曾见到过。于是我释然了，故事终归是故事而已，信则有不信则无，那些房客真的是太天真了，白白把这么大的一个便宜给丢了。
一个人的生活平平淡淡，不温不火，我渐渐在这座城市扎根下来，属于这间公寓的有关小艾的故事，也渐渐被我遗忘掉了。
然而漫漫长夜那深入骨髓的寂寞，却如猫爪挠心一般日复一日地在无尽的黑暗里吞噬着我的心。

没有尽头的路/Cocu_刘辰

# 漫　长　的　道　别

文 / 八月长安　作家　@八月长安就是二熊

2003年的深秋，我高中一年级，第一次听说××的名字。

就叫他××吧，起名字很累的。暗恋故事的男主角本来就不应该有名字。

无法大声讲出来的名字，叫××就够了。

高一第一次期中考试前，我后桌的女孩忽然看上了一个体育特长生，忍不住拉着我们几个去体育场上看他跑圈。体育特长生发现居然有女生观摩，立刻像吃了兴奋剂一样，百米冲刺使出吃奶的劲。

后桌却忽然冷了脸，大失所望的样子。

回班之后她就宣布自己不喜欢这个体育特长生了。

我问为什么，她说：你没看到吗？他冲刺的时候，迎风跑，脸抖得丑死了！他！脸！抖！

对后桌来说，“喜欢”不过就是一种寄托，青春期的少女幻想长着翅膀在空中盘旋，时刻寻找着真实的躯体作为落脚之处。只可惜体育特长生这个宿主不够完美，对不起她的期望。

放学后坐在靠窗的公交车座位上，从远在郊区的学校一路颠簸回市中心，我看着外面灰头土脸的街景，脑海中还在无限循环“他脸抖他脸抖他脸抖……”，一边笑着，一边也有些跃跃欲试。

好想找个人来喜欢。

但也只是想想。这个念头瞬间就被肩膀上的重量压了下去。书包里沉甸甸的满是练习册，新同学中那么多竞赛生，每个看起来都好厉害的样子，我自己初中时成绩也不赖，如果在新班级第一次考试就排名倒数，岂不是丢死人了……
少女心思化成一声叹息，和街景一样灰头土脸。

期中考试结束后，我在班主任办公室帮忙整理学年分数段统计表，这张表将在放学后的家长会发给所有人。我正准备拿着打印好的一张原始稿去复印，忽然被班主任叫住了，她指着题头的那片空白说，你在这儿写上，×班，××，数学150，物理98，化学……

我一笔一画，因为是听写，所以把××的名字写错了。班主任本能地感到不对劲，拿着那张纸朝另一个老师挥舞，问××的名字到底怎么写。
那位老师坚决不同意我们班主任用××来做典型范例。那位老师也教语文，而××的语文成绩……呵呵。门门成绩都漂亮，只有语文丢脸，我是他们的语文老师也不会乐意树这种典型。

看完了热闹之后，我重新打印了一份表格，复印了许多份，而那张写着××名字的，本来想团了扔掉，不知怎么就折好留起来了。

这次的第一名其实是另一个女生，但备受瞩目的却是隔壁班的××。在我们这所以理科见长的高中，更受关注的永远是数理化，而这位××，在这三门科目上几乎没扣分。

我刚回到教室，就听见后桌女生在念叨着××的名字，听说××初中的时候就如何如何，他平时更是如何如何，他……
那天起，××彻底取代了体育特长生，成为了一众少女幻想的宿主。
我当时转过头问后桌，万一这个××长得像大猩猩可怎么办？
后桌不屑地“哼”了一声，才不，我去他们班门口围观过了。

我那时候可是个浑然天成的装逼少女，淡淡地一笑就转回头去做题了。
女生们对这个××的好奇与崇拜，更加衬托出我遗世独立的卓然风姿、冷静自持……总之就是，我真是太TMD特别了。

我有过好几个机会见到××的庐山真面目。
比如后桌女生站起来说××他们班在外面打球，我们去看吧。
比如我的学霸同桌捏着一本字迹极为丑陋的笔记说这是××的竞赛笔记，我请假回家，你能帮我把它送到隔壁班吗?
我的答案都是，不去。

说来也怪，其他风云人物我都会心态平和地去跟着围观，到了××这里，竟然别扭上了。
可能是有点妒忌吧。我妒忌聪明的人，从小奥数就是我的噩梦，直到考上重点高中，我也不曾对自己的智商放心，总觉得只是因为勤奋刻苦才有机会和好头脑们平起平坐，稍一放松就会跌落谷底，上天为何如此不公平?
内心的自卑感在××这里蔓延起来。
好希望他长得像大猩猩。

日子就这样过去。我在××班级旁边的教室坐了一整年，他们班的同学几乎都混了个脸熟，我依旧没有见过他。
却因为他差点和后桌女生闹翻。

初夏的下午，我和后桌一起去小卖部买冰激凌吃，穿过操场时，对面走过来一排男生，七八个人，不是三两成堆，而是真的排了整齐的一横排，气势惊人地迎面走过来。
我从不盯着别人看，和后桌说笑着，与他们错身而过。
后桌却心不在焉，等到这排男生走过很久了才说，那个穿白衣服的是××。
我不想回头的，但也懂得装逼要适度的道理，就很自然地转身瞟了一眼。男生们已经走远了，变成一排养乐多。那里面至少有四个男生穿白色，其他穿的是白色的衍生色。
请问你是在玩我吗?我好笑地看了一眼后桌。

后桌忽然变得出奇沉默，我赶着在上课前吃掉冰激凌，没注意到她的异样。走进教室时，她忽然轻声问："你觉得××怎么样？"
我一愣。
想想那一排男生的背影，看起来资质都好愁人的样子。

"矮了点吧？"我笑着说。
后桌却忽然发癫了："你有病啊！他不比你高啊！故意挑毛病有意思吗？！"
好多同学看着我们，我脾气也上来了，冷笑着说："比我高也算优点？"
我们各回各位，赌了一堂课的气。
本来也不是朋友，只是表面亲热，所以一旦撕破脸，说软话都找不到落脚点。

我那时的性格还不像现在这么自我，推崇以和为贵，于是拉下脸写了张纸条传给她。大意就是我开玩笑的，本来以为你天天念叨××也只是闹着玩，没想到你会这么在乎，对不起。
后桌姑娘回复道："我不该那么冲动的。可你不要这样说他了。他是个很好很好的人。"
我忽然好奇了。
"哪儿好？"一下课我就转身趴在她课桌上问道。
后桌矜持了一下，才轻声开口讲道："我跑去跟他上了同一个英语补习班，坐在他旁边。每次他橡皮掉在地上了，我帮他捡起来，他都会说谢谢。"
我：……
看到后桌眉毛又要竖起来了，我连忙狗腿子地补上："成绩这么好，又这么有礼貌，真好。"
夸××就等于夸她，看着后桌眉飞色舞的样子，我把那句贱贱的"他做数学题时会不会激动得脸抖"咽了回去。
××话很少，××很讨厌语文课，××最喜欢睡觉，××其实是个很有冷幽默的人……
总结一下，如果流川枫的爱好不是篮球而是数理化，那么他就变成了好看版的××。

我始终记得那天下午，天气很好，我倚着窗台，歪着脑袋看着外面湛蓝的天，一朵云飘过去了，又一朵云飘过去了……她絮絮叨叨地讲着一个我从没见过的人，全是边角料，全是废话，全是臆测，全是一厢情愿。
全是最好的年华。

××依旧保持着骄人战绩。理科班卧虎藏龙，但他总能出现在前三甲，考第一的时候居多。

高二时我去学文科了。
终于体会了做老大的感觉。果然还是考第一比较爽。
也因此减轻了对××的妒忌。
我妈跟我讲过我三四岁时在公园里和他们玩游戏的故事。广场的地砖按照颜色从里到外排成一圈一圈，我们一家三口沿着最外圈玩追逐游戏，她和我爸在后面追我。眼看着要被追上了，我忽然一步跳到里圈，理直气壮地跟他俩说："我过关升级了。"
后来还有一次是大家打雪仗的时候，我却忽然搬起石头打人，并声称"我吃了一颗星星所以换机关炮了"。
再后来我妈就禁止我玩红白机了。
总之我耍无赖这个习惯是从小养成的，理科班生活艰辛，就往里圈一跳，学文科去，自立山头称霸王。

可惜理科班的崇拜风在文科班依旧存在，所以我也依旧不断听到××的名字，只是这次××的狂热粉丝换成了我前桌。
我就不明白了，为什么，为什么文科班第一是我，大家还是觉得××最牛×？谁能给我解释一下？

时间就这样稀里糊涂地过去。每个人的高中生活概括起来都很像：上学放学，考试排名，合唱表演，篮球联赛，有朋友有对头，有快乐有忧愁；但是铺展开来，却各有各的动人。

我们学校在郊区，封闭式住宿管理，我常常偷看邻床女生的言情小说，看得眼泪倾盆再偷偷放回去，聊天时继续冷淡地表示对这类无逻辑发春故事的不屑。然而高一时被沉重的理科班气氛压迫下去的少女心思，却被这些故事撩拨得松动起来，抖抖翅膀上的尘土，就飞上了天。

有次为一个同学庆祝生日，大家在食堂把桌子拼成长长的一列，正在点蜡烛时，旁边走过一群男生，前桌女生忽然兴奋地小声说：哇，××。

我条件反射地侧脸看他们，一个男生也转过脸来看我们。

……大猩猩。

××果然长得像大猩猩！苍天有眼！

我微笑着和大家一起唱生日歌，嘻嘻哈哈打闹，却忽然有点失落。

好吧，不是有点，是很失落。

可是为什么呢？

她们的少女幻想都落在一个具体的人身上，只有我的，落在了一个名字和一堆传说上。

即使万般不愿意承认，可我的确很难过。

对于我毫无理由的忧郁，我爸妈的评价是：啧啧，孩子长大了呢。

别以为他俩多开明。他们只是喜欢看少女怀春，更喜欢看少女怀春而不得。我要是成功了，他们能打折我的腿。

再听到别人念叨××时，我心中不再有妒忌和好奇交杂的奇异感觉，只觉得可惜，更为自己之前愚蠢的小心思而羞愧。

真可惜。

我并不是真的希望你像只大猩猩的。

每个周五大家都会带着一周的换洗衣物回家，我拎着一个大行李包在站台上等车，身边站着我的铁哥们L。

他的戏份不重要，随便用字母代替就好。

L正在和我闲扯，不知怎么往我背后望了一眼，立刻换上了一副狗腿子的嘴脸："啊呀！今天真荣幸啊，能跟文理科第一一起坐车呢！"

我一开始只是条件反射地绽放一脸"哪里哪里大家那么熟就别见外了你看你这小子总这么客气"的谦虚笑容，忽然觉得哪里不对。文科第一和理科第一？

我怔怔地回过头去。

这是××？长得还不赖嘛……那么大猩猩去哪儿了？

我这才意识到之前是我认错人了。

××衣着打扮很清爽，个头的确不高，但是也不算矮，神情很冷漠。

我写小说写过这么多角色，至今无法描述清楚××的样子。

大概就是那样吧，你们也不用知道得太清楚，反正你们又不要喜欢他。

或者你也可以这样想，我喜欢的人和你喜欢的人，都长着一张同样的面孔，一张只有我们觉得特别好，却永远都羞于仔细描摹出来获取他人认同的面孔。

××拖着行李箱走过来，就站在离我们五米左右的地方，抬头去看站牌。

我大方地侧过头去打量了一下他的背影。

那应该是高中阶段我最后一次大大方方地看这个人。

后来我坐在最后一排靠窗的位子上，一边和L继续谈天说地，一边看着外面毛茸茸的夕阳。阳光特别好，L问我今天吃错药了吗笑得这么开心，我没回答。

我记得那天从车站走回家的一路，连地砖和垃圾站都变得比平时好看。车站在坡上，而我家在坡下，我需要穿过一条僻静的小路，下一段长长的台阶。

站在台阶上方，俯视着下面错落有致的一栋栋房子，还有远处没入都市丛林的夕阳，忽然胸口被一股奇怪的情绪充满了。

不仅仅是高兴。

像是发现了人生的奥秘、生活的乐趣，整个世界都在我脚下铺展开。

我扔下旅行包，张开手臂，踢踢踏踏地跑下楼，飞快地冲下一个缓坡，风在耳畔，心跳在胸膛，书包一颠一颠地拍打着屁股，不知道是在劝阻还是怂恿。

我和我的少女心，一起飞了起来。

然后像个弱智一样再次爬上坡去拿扔在地上的旅行包。
发现了吗？我们Drama Queen活得都很辛苦。
我从不觉得暗恋是苦涩的。
对一个人的喜欢藏在眼睛里，透过它，世界都变得更好看。

我会在每次考试之后拿数语外这三门文理科同卷的成绩去和××比较；会特意爬上××班级所在的楼层去上厕所；会在偶然相遇时整整衣领，挺直后背，每一步都走得神采奕奕；会竖着耳朵听关于他的所有八卦，哪怕别人只是提到了××的名字，我都高兴。

当然，作为一个资深的装逼少女，我不能表现出来一丝一毫对××的兴趣，只能绞尽脑汁、笑容浅淡地将谈话先引向理科，再引向他们班，最后在大家终于聊起××时假装回短信看杂志，表示不感兴趣。
连这种装模作样都快乐。

夏天来临时，天黑得晚，晚自习前的休息时间很多男生拥上操场去打球。我不再抓紧时间读书，而是独自一人去篮球场散步。十六个篮球架，我慢慢地绕着走，每走过一个都看看是不是他们班在打球。但一旦发现真正的目标，我绝不敢站在旁边观战。
好像只要一眼，全世界都会发现我的秘密。
我说了，车站相遇之后，我再也没能光明正大地打量他。
一脸平静地装作在看别处，目光聚焦在远处的大荒地，近处的篮球架就虚焦了，只能看到模模糊糊的一群人。
这群人里面有他。

只有一次见到过他投三分，空心进篮，唰的一声。大家欢呼的时候，我把脸扭到一边，也笑了。
想起高一时后桌女生说，他是个很好很好的人。

高二的暑假去国外玩，趴在酒店前台写明信片，给他写。写一句划一句，写一张撕一张，最后我拿着厚厚一沓撕碎的明信片去大堂的垃圾桶丢掉，我们导游看到了，笑着调侃我：小姐，炫富吗？

那是我第一次想要实际地做点什么去接近他。

之前我喜欢他。现在我希望，他也能喜欢我。

一旦这种念头浮上来，我就变得不快乐了。

最后还是写好了一张，被我原封不动地带了回来。我自然不敢真的寄一张明信片给他——没头没脑的，盖着国外的邮戳，大家一打听就知道是谁，恐怕他还没看懂，别人就全懂了。

但是我还能做什么吗？高三的晚自习常常被我一整节翘掉，去升旗广场乱逛，坐在黑漆漆的行政区走廊窗台上，想着一万种可能被他认识的方式。

我们两个班有共同的语文老师，所以我作文写得特别起劲，每次考试之后优秀作文都会被教研组复印传阅，我至少能先混个脸熟，让××知道知道我是多么多么地，嗯，才华横溢。

转念一想他这么厌恶语文课，不会顺便也觉得我是个矫情的酸文人吧？

少女心拧巴成麻花，做人好难。

直到有一天，我妈从书桌旁的地上捡起一张明信片，问我：××是谁？

如我所料，我妈依旧对少女怀春而苦求不得的故事喜闻乐见。

她当然问了我一个经典问题：你喜欢他什么？

高三上学期，各个高校的保送生和自主招生选拔开始了。他是竞赛生，参加保送选拔；我是普通少女，希望能努力争个自主招生加分。

广播让大家去教导主任办公室填写资料，我去得晚，意外地看到了他……和他妈妈。××坐在沙发上，一脸漠然，他妈妈拿着表格去问东问西。我心不在焉地坐到茶几另一端，拿着表格低头填，写几笔就紧张地往他那边瞟一眼——我期待着无意中的眼神交会，我会笑着向他点点头，说：你是××吧？你好，我叫……

我并不是个怯场的人。

可他自始至终就是没有看过来，只是一句句地听着他妈妈的指导，按部就班地埋头填表。

我们都通过了第一轮材料的初审，一同参加在省招生办举行的笔试。我考得并不好，走出考场的时候还蒙蒙的，等远远地望见人群中我妈妈时，整个人一激灵。

我妈，和××的妈妈并肩站着，乍一看上去，相谈甚欢。

我的家长会都是我爸爸去开，我妈从不与其他家长有过多交流，甚至连我班主任的名字都记不住，现在却笑容满面地在和××的妈妈聊天！

这位女同志您是怎么回事？您想玩死您亲生女儿吗？您听说过"虎毒不食子"吗？！

我全身僵硬地走过去，我妈一脸无辜地拉过我介绍道："这是××的妈妈。"

废话，我当然知道！

××的妈妈是个利落又热情的人，寒暄了几句，我就看到××面无表情地走近，无视在场的另外两个人，拉了拉他妈妈的胳膊，说了两个字。

"走吧。"

……走吧。

他妈妈朝我们笑着点点头，接过××的书包，母子俩亲亲热热地走开了。

我妈意味深长地朝我微笑，说了一句让我至今难忘的话。

"你未来的婆媳关系会很难处啊。"

"你到底想干吗？"我的脸已经抽筋了。

"在外面站着无聊，听到她提起'我们家××'，我就走过去跟她随便聊了两句，"我妈笑得如沐春风，"你喜欢的就是那个××？怎么像个机器人。"

我依稀听到我们的母女关系发出了咔嚓的断裂声。

其实我知道我老妈的意图。她觉得××并不值得喜欢。然而她不能回答我的是，“喜欢”究竟是什么？情感的发生一定找得出缘由的吗？喜欢就是一个坏掉的水龙头，理智告诉你不值得，可怎么拧紧都是徒劳，感情覆水难收。

那天晚上我挽着妈妈的胳膊，慢慢走回家，头顶是猩红色的天空，孕育着一场初雪。

妈妈感觉到了我低落的情绪，忽然捏捏我的手，说，“他妈妈早就认识你，知道你学文科以前是哪个班的，还知道你作文写得很好。”

“真的？”

“嗯。”妈妈笑，“真的。而且她说是××和她说的。”

即使知道这些基本信息都很可能来自××妈妈密布的情报网，与××毫无关系，我还是瞬间开心起来了：“还有吗？除了作文呢？”

“没有了。”

“啊……”我很失落。

“噢，对了，他妈妈说你很好看。”

“真的？！”

“……我编的。”

母女关系第二次发出咔嚓的断裂声。

我妈妈从未停止拿××的事情取笑我。甚至连一起去超市买书包，我们意见不同，她也一定会指着自己看中的那一款说“这款看上去像是××会背的风格”，好像这么一说我就会听她的似的。

是的，我的确听她的了。

我一直很想知道她敢这么肆无忌惮，是不是因为确信××不可能搭理我。

××越好，我就越乐于单纯地欣赏他；××的形象越普通，我反而越想要接近他，像是要亲手通过实际例证来残忍地破灭自己的幻想似的。

所以这年冬天，当我妈妈陪着我去北京参加自主招生的面试时，我第一次鼓足勇气和××打了个招呼。

在理科教学楼的大厅里，我手里抱着一堆表格，站在柱子旁边等我妈妈，忽然看到××独自一人面无表情地从旁边的教室走出来。
他经过我身边时，我突然鼓足勇气，打起精神微笑着说，嘿，××。
然后他走远了。没看我，没停步。
我呆站了一会儿，然后抬起右手，拉了拉自己的左手臂，说："走吧。"
对这个故事，我妈妈的评价是：哈哈哈哈哈哈哈。

但我现在还记得，在理科楼大门口，我看到他爸爸妈妈陪着他一起走远。门口来来往往的都是参加面试的考生和家长们，每个人都一脸焦灼与兴奋，支棱着耳朵探听其他人的来头和捕风捉影的消息。我抬起眼，望见一只通体幽蓝的长尾巴喜鹊落在枝头，歪着脑袋打量着我们。
这只喜鹊是怎么看待我们的？我一直想知道。

××拿到了保送生资格。我无比感谢他们班那位严厉古板的班主任，由于他硬性规定这群竞赛保送生们也必须照旧每天来上课，我得以在高三的最后一学期时常见到××。

我知道他喜欢穿哪件T恤，也发现了他搭配衣服的规律、小动作、走路的姿态、后脑勺的形状……估计比朱自清对他爸的背影都熟悉。

那段时间我最喜欢玩的游戏就是掷硬币。我在文科班的好朋友是个非常活泼又非常害羞的女生，可以大声讲荤笑话，也可以在见到自己喜欢的男生时吓得连个屁都不敢放。食堂的饭那么难吃，我们照去不误，就为了在进入门口的时候可以玩这个掷硬币的游戏。
她喜欢的人常在一楼出没，我喜欢的人常在二楼出没。我们需要用硬币正反面来决定今天去几楼吃饭。

好友说，这不是游戏，这是一场占卜。我们听从上天的安排，好运气要省着点用，不能太任性，这样才能在关键的事情上面心想事成。
我们体贴地没有询问过彼此的“那个人”姓甚名谁，一直恬不知耻地用“你的honey”和“我的honey”来称呼。我至今都很感谢这个游戏，让我心里那个不能说的××在安全的领域粉墨登场，被我尽情谈论，仿佛只要我乐意，他就真成了我的谁。

高中生活就这样结束了。
高考之后的夏天，我意外地接到了一个陌生来电，对方自称是××妈妈的同事，女儿读文科，很不听话，希望我可以去和她女儿聊聊天，以身作则地“震撼”一下她。
如果这事是我妈给我揽的，我肯定早就发飙了，但对方一说是××的妈妈热情推荐，高度赞赏，我就心花怒放了，立刻在电话这边狂点头，带着电话线也晃了一晃。

我记得自己和那个让她妈妈操碎了心的小姑娘一起坐在花坛边，她忽然问我：你们学习好的人，也会偷偷谈恋爱吗？
我哭笑不得，点头说：当然会，我周围许多人都谈过恋爱。
她继续问：那你呢？我摇头。
小姑娘想了想，忽然兴奋起来：至少有喜欢的人吧？
我点点头。
那他知道吗？

于是，当嫡系学姐把组织大学里第一场同乡迎新聚会的任务交给我时，我突然觉得，自己应该做点什么了。对别的班级，我都只是通知一位领头人，再由他向自己班的同学传达；但是到了××的班级，我居心叵测地从领头人手中将他们班那十几个新生的联络方式全部要了过来，一一通知，就为了光明正大地要到××的手机号，亲自发上一条冠冕堂皇、无可指摘的短信，也把自己的姓名电话强行塞给他。

当爱情和自尊心相遇的时候，我们总是居心叵测，妄图两全。

几乎所有接到短信的同学都会回复我说：“谢谢你，需要我帮忙通知其他人吗？”
只有他，回复的是：“哦。”
哦。
得到这个字的时候我站在学校西门外，头顶是炽烈的暮夏日光，烤得人心里发虚。一瞬间好像又听见我妈妈促狭的声音：你喜欢他什么呢？

吃饭的那天我略微打扮了一下。我这种面目平凡的姑娘打扮起来总是很尴尬，有一颗变美的心，却资质普通，又担心做得太过火，被所有人嘲笑不自量力。所以每每用心修饰过后，在别人眼里还是同一个样子。

我没敢和他坐在同一张圆桌上，一顿饭吃得心不在焉。我们高中这两届考上同一所大学的人加在一起足足有六十个，自我介绍一轮下来就差不多要散伙了。我一直远远看着××，看平日冷若冰霜的他兴高采烈地和一个同系的师兄寒暄，交换电话号码，请教选课秘诀……
这一切都发生在我站起来造作地自我介绍的当口。

很久以后，我和他聊天说起自己刚入学时候的窘境，明明左胳膊打着石膏却选了篮球课，简直是作死。他眉毛一扬：你骨折过？
我点头，没有过多解释。
我那么显眼，毕业表彰的时候打着石膏，迎新晚餐时候也打着石膏，所有人都围着我问你怎么了要不要紧哎呀小心点……我们距离最近的时候，两只肩膀之间只有十厘米，他从未看过我。

后来我们还是认识了，以一种非常平淡的方式。

第一个短信是他发过来的，问我开学时候的英语分级考试考了多少，我回答：

三级，你呢？
他说：我也是。顿了顿又发过来一条：你也考了三级我就放心了，那咱们高中应该没有人考到四级。

我知道这只是一条没头没脑的、学霸跑来寻求安全感的短信，夸别人也夸了他自己；可能他已经打探过很多人，可能他只是客套。
但我却在课堂上几乎把手机屏幕给看裂了——这么说他知道我还挺厉害的？怎么知道的？很早就知道的吗？他怎么看我的呢？他不是从来不注意学习以外的事情吗？
我小心翼翼地回复着他的信息：要热情，又不能发狂；要回应他的话，同时留出足够的尾巴让他继续回复我，防止谈话无疾而终……

左手刚拆了石膏，还软软地使不上力，可我还是右手记着笔记，用左手攥住手机，和他不咸不淡地聊了一条又一条，独自维持着一场艰难的对话。
我并不是一个很有耐心的女生，却可以在他选课冲突发短信来求助的时候顶着烈日跑去遥远的英语系教学楼帮他询问修改流程；可以在他挂掉我的电话、发来短信说“不喜欢讲电话”的时候费劲巴拉地编辑长长的短信撰写“改课攻略”；可以在他说自己感冒的时候买一堆药送到男生宿舍楼收发室；可以在百度、Google还不甚发达的年代站在路边的信息岗亭里帮他查询从学校到北京站的换乘步骤——哦，当然还是用短信发送的。

谢谢他，我的左手复健得特别快。
然而我们没有见面。我和××之间唯一的连接就只有手机桌面上的信封图标。
我没有主动约过他，不曾在夜里发信息没话找话，更没要求过他谢谢我。
于是他也就真的没有谢过我，连一句客套的“请你吃饭吧”都没说过。

不久之后，徐静蕾的电影《当梦想照进现实》在我们学校的讲堂公映，我盯着海报上这七个字，哭笑不得。
终于鼓起勇气，发了条短信给他：“你看电影吗？我请你。”

××回复我：“。。。。。。”

我咯噔一下，连忙找回破碎的自尊心：“算啦，不想看就直说，就是看到海报了，随便问问。”

他又回复：“又没说不看。。。”

直到现在，我都很讨厌用一串句号代替省略号的人，包括偶尔为之的我自己。

电影六点半开场，六点钟的时候我从自习室走出来，发现外面下起了雨，立刻发短信问他：“你在宿舍？下雨了，记得带伞。”

“那你呢？你有伞吗？”

浇了半条江的水进去，仙人掌终于开花了。我止不住地傻笑，回复他：“没事，我跑过去就算了。”

快说来接我！

他说：“哦。”

黑漆漆的环境里，这部电影不只难懂，更是让请客的我难堪。映后主创上台和大学生交流，我看着××说：“不听了，走吧。”

他如蒙大赦。

回宿舍的路上，我忽然问：“你没有朋友吧？”

××很诚实地摇头，白皙乖巧的样子，让我对他的好感又回来了不少。

过了几秒钟，他突然转头看着我：“现在你是我的朋友了……你是吧？”

“为什么？”

“否则你为什么对我这么好？”他有点不好意思，“没人对我这么好。”

幸亏夜晚的树影遮住了我的表情，否则他一定会以为我扭曲的脸是中邪了。

我为什么对你好？您缺心眼吗？

终于走到了开阔处。月光下我看着他，悲壮地微笑：“我这个人，天生热情。”

半个月后，我站在屈臣氏里买洗发水，接到他抱怨的短信：“我给你申请的QQ号，你为什么从来不用？”

我少年时代没赶上QQ的热潮，作为资深装逼少女，凡是我们没赶上趟的事情，对外都要说成不屑于。但××还是强硬地给我申请了QQ，并勒令我用，不得不说心里有点甜蜜。

我想逗逗他，便问道："为什么一定要我用QQ，你想和我聊天？"

五分钟后，我收到回答。

"我要和你对英语答案。"

这是压垮骆驼的最后一个句号。我气得发抖，理智却告诉自己，××没有错。所有倾囊而出的热情与善意，都是我自发自愿，为何要怪罪别人？

但我没必要再委屈自己一直配合他的习惯。我直接拨打他的电话，不出所料被他拒接；再打，再次拒接。两通电话后我没有再联络过他；一天后他像什么都没发生过一样，又问起我买火车票的事情，我没有回复。

夜里他没头没脑地发来一条短信："我就是一个可怕又自私的人，现在你知道了吧？离我远一点。"

原来××也并不傻。

没有联络的两个月间，我加入了新社团，学着赶潮流烫头发买衣服，认识了形形色色的新同学，大学生活热闹地展开，渐渐不再每天都想起××，也终于能够客观冷静地评价他。

传闻不虚，他的确情商很低，的确不招人喜欢。

那么我又喜欢他什么？难道是"当初惊艳，完完全全，只为世面见得少"？

然而还是会在夜里一条一条地翻阅曾经的短信。他每一条没滋没味的回话，包括我深恶痛绝的联排句号，都挤在诺基亚小小的收件箱里，满了也舍不得删。

临近期末的初冬清晨，我忽然在一条小路尽头看见他的背影。

高中时无数个清晨，我算准时间从食堂出来，总能看到他拎着书包往教学楼走的背影。内心有一个更嚣张的自我，好像下一秒就要冲出来，对着前面的男生大喊："××！你好！认识一下啊！"

还好她没冲出来。可惜，她没有冲出来。

这样回忆着，无意间××的名字已经脱口而出，声音脆亮，轻松得仿佛我们认识多年，而这只是一个平常的早上，偶遇熟人。

他转过来，有点羞涩地笑了，说："我以为你再也不理我。"
我说："怎么会？"

曾经的龃龉闭口不提，我们聊各自的期末考试，聊选修课的论文怎么写，聊哪个食堂的煎饼果子好吃……终于不再是我自己一个人滔滔不绝。或许是因为我放下了表现自我、拉近关系的渴求，所以一切都变得简单了。

我们一起在图书馆上自习，偶尔我还是会拿自己会做的题故意问他；自习之后陪他练习骑自行车，他也试图后座带人，差点没摔死我；跳下车后他说不好意思，我说是我太重了；骑车累了就坐在湖边，月光温柔，我不怀好意地打听高中的事情，一点点印证传闻的真假，一点点拼凑当年的他心里的，我的模样。

高一的后桌和他在补课班聊过天，他却早已不记得这个人。
原来他从没进过三分球。如果有，恐怕就是我看到的那一次。

"的确很讨厌语文啊，但你的作文我是看过的，有一次交换评改作文，你的那篇还是我评的呢。"
我一下子就想起卷面上就写了"没看懂"三个大字评语的作文，哭笑不得。
我终于认识了一个真实的××，不是我心里想象的任何一个样子。他是个普通的男孩，喜欢打球却打得不好；毕业后想要去美国，和所有学理科的男生一样；很依赖妈妈，却又觉得她烦人；性格闷骚，朋友很少；喜欢看动画片；不知道如何与人相处，稍微绕弯子一点的话，统统听不懂。
我也不再抱着手机辗转反侧，斟酌每一条回复；懒得发短信的时候我就会直接打电话，他也终于肯接，虽然仍然有点紧张结巴；看到好玩的东西依然会推荐给他，但是他说"看不懂"的时候，我不再惶恐尴尬，笑笑就过去了，有时候还会直接骂他蠢。
我本不是天生热情，但我终于成了他的朋友。

一个平淡无奇的晚上，下了晚自习后我们骑车溜到湖边坐了一会儿。我忽然说，唱首歌吧。
他说：我从来不唱歌，小学音乐课老师逼我，给我不及格，我也不唱。
我说：好吧。
但静默了一会儿，他忽然开口唱了起来。声音很清冽，没有跑调，却也不是多好听。
是周杰伦的《七里香》。他牵着我的手唱的。

我们好像都在等着对方说什么，最后却一起沉默了。
我记得一年前刚入学的时候，他唯一答应我的事情就是和我一同加入了手语社，我怂恿他的原因是，我听说第一堂课老师会教大家用手语打“我爱你”。两百人的教室，挤得水泄不通，他坚持不住，皱皱眉说：“好无聊，我走了。”
我都来不及阻拦，他也没和我打招呼。他刚消失在门口，站在前面的社长就笑嘻嘻地说：“我知道大家最期待这个。来，我们来学最重要的一句。”
我爱你。

后来他发短信问我：“后来又学什么了？好玩吗？我有没有错过什么内容？”
我说：“没有。”
我百分之百的热情一股脑儿地燃烧在了过去，真是悔不当初啊，悔不当初。
那一瞬间我终于看懂了自己的心意。我和当初那个在篮球架旁假装散步的高中女生依旧血脉相连，分享着同一片记忆，我也为她的懵懂爱恋而拼命努力过。只可惜，渴望与获得之间有着如此漫长的时间差，它不知不觉改变了我，我不愿再为她的幻想埋单。
这也许是她想要的吧。我却没办法穿过似水流年把她带到此刻的月光下，说，一切都给你。
终究还是晚了一点点，晚到我已经不是她。
我还是轻轻地，抽出了我的手。
十八九岁的年纪，人生多热闹。我还是轻轻地抽出了手。
而我们，渐渐就淡了。

大三一整年我要出国交流，于是临行前的暑假，他约我出来吃饭，说十要为我饯行。
我的第一反应就是他手机被盗了。开什么玩笑，××怎么会做这么有人情味的事情?
但我依然兴高采烈，依然用心打扮。八月的天气热得吓人，我们去看周杰伦的《大灌篮》，电影开场前半小时一起坐在外面的树荫下闲聊，说他GRE考得不错，说我一人在外要注意安全……我忽然问他：你记得上次一起看电影吗?

我们一起看过三次电影，中间的那一次，也是夏天，也是周杰伦的，《不能说的秘密》。他不知道为什么买了电影票请我看，都没问问我是否有时间。而我，从西藏回程的火车下来，用了一个小时就从北京火车站奔回了海淀剧场电影院，中途还回了一次学校换衣服。
××惊诧：你来不及，怎么不和我说一声?
我笑着说：谁让我天生热情。
看了电影后一起吃了个午饭，他自己刷刷刷点了四百多块钱的菜。我说：你让我看一眼菜单能死吗?他才惊觉自己失礼了，尴尬地说：我和我爸妈过来就吃的这些，我就直接照着那天的菜点了。
我心里满是酸涩的温柔。
饭后他不知道应该怎么回家，我再次哭笑不得地把他送上了车，看他坐在后排一个劲儿朝我招手。蓝天白云之下，背影汇入车水马龙之中，我在原地站了很久很久。
这到底是谁给谁饯行啊?我笑着想，眼泪却流出来。
再见了呀。我心里默默地说。
这个故事，过程再平淡无聊，好歹有一个善良的结尾。

然而，毫无联系半年后，我突然在校内网上收到了他的一封站内信，内容只有短短的一行字：我有女朋友了。
内心骄傲的那个部分在疯狂吐槽：特意告诉我干吗?难道老娘会很在乎吗?
但也只是一闪念。这个消息竟然没有让我怅然，哪怕一丁点都没有。我很快回复他：恭喜呀，祝你幸福。

又过了几分钟，一个陌生的女孩也给我发了一封站内信：他是我的了，我会替你好好照顾他的，别担心。
别扭的恶意扑面而来，我愣住了。
几乎是同时，××回复了一封信：刚才说有女朋友那条是她用我的账号发的，她非要这样做，我也拦不住。
我呆看着屏幕，内心满是荒诞和怒意。我迅速关掉了页面，端起碗回到饭桌前继续吃东西，夸张地称赞和我同住的美国姑娘Bo土豆炸得好——Bo却忽然问，你哭什么？
我哭了吗？

最好笑的是，我第一次完完整整地和别人讲起与××的故事，居然是用英语。
我不断地对Bo说，你一定会误解，但我不是因为他有女朋友了而难过，我不是妒忌，真的不是这个原因。
Bo抱着我，温柔地拍着我说："I know. I know. It shouldn't be like this."
It shouldn't be like this.

不该是这样。

我曾对他很好，他也曾示我真心。对于这段可以写进"百大失败案例"的暧昧情缘，我们已经好好地道过别了，再无联络。
我是那么地在乎结局。最终的道别理应从容，不可以是在汗味弥漫的火车站门口，"再见"还没出口就被抡大包的旅客甩得鼻青脸肿，再抬头时，人已不见。
形式感是如此重要，它让我们在猥琐失落的人生中，努力活出一丝庄重。我需要这点庄重感，不是为××。
而是为了她。
为了当年那个把行李包扔在地上，双手张开，像只鸟一样从台阶上飞奔而下的女生。

幸而老天待我不薄，我想要的收尾，终于收获在一年后。

大四那年的冬天，刚面试结束的我穿着好看却不保暖的风衣哆哆嗦嗦走回学校，站在店门口买了一杯烧仙草，捧在手里取暖。这时听到自行车倒地的声音，回头就看到了××，和他的女友一起摔在了地上。

那是个陡坡，自行车上坡起步很难，何况还是大冬天，带着一个人。
我想起他曾经也用单车带过我，摔了一跤后，我们彼此客套，就差鞠躬了。
这时我听见他冲女友吼："说不让你这时候跳上来，你偏要这样，摔死我了！"

我不由得联想，如果这样的场景发生在我身上，我会是什么反应？恐怕只是冷着脸，对他道个歉，然后拎起包转身就走吧？——你居然敢冲我吼！
然而女友一歪头，笑得很甜地说："我想让你带我上坡嘛。"
他依旧没好气儿，却不再坚持，板着脸别扭地说："哦，上来吧。"
我在不远处笑出了声，真心实意地觉得一切都很好。
这才是恋人。不虚伪、不假装，没有无聊的自尊心去挡道，一切都是那么自然可爱。

当年的事也没什么过不去的。他遇到了真正的爱人，想要坦承自己的一切，包括当年莫名其妙暧昧过的阿猫阿狗姓甚名谁，之后又无奈地看着心爱的女孩向这些阿猫阿狗龇牙示威……这是多么正当而甜蜜的一件事。
故事有一万种讲法。我选择接受他们的那一种作为结局。

我站在原地，笑出了一整套长镜头。

这不过是一段狗屁倒灶的暗恋，乏善可陈，我却万分郑重地写下每一个字，想要让它听起来特别。
因为我感觉得到，十六岁的自己正坐在桌边，托腮看着新鲜出炉的每一个字，时不时伸出食指戳着屏幕说：这里写得不好，重写；这里你撒谎了，重写；这里……这里就不要写了吧，咱们自己知道就好。

我试图不去听她的。人很难不给记忆上滤镜，有些事情何必那样真实？搞不好别人还会误认为我至今对××念念不忘，这谁受得了。

然而十六岁的我却说，你必须要诚实呀。

你要对我诚实。

于是我丢弃了成年人的面具，努力地和自己的虚荣心作斗争，去讲述她的少女心如何坠毁的故事。

我听到她说谢谢我。

谢谢孤军奋战这么多年，终于迎来了一个二十六岁的我。

一个迟到十年的战友。

我们牵着手，一起对这场青春，做最漫长的道别。

自此以后，好的都留给她，剩下的人生，我已足够成熟去消化。

常伴白云闲/冲锋

监制 / 韩寒
主编 / 一个工作室
执行主编 / 小饭 吴畏

产品经理 / 陈曦
特约编辑 / 金丹华
责任编辑 / 金荣良
执行编辑 / 赵西栋 贺伊曼 金子棋 一言 薛诗汉 向可 孙雯 范佳倩

封面设计 / 陆骏璇
内版设计 / 陆骏璇
后期制作 / 顾利军
责任印制 / 蒋建浩

流程监督 / 金怡玉玲
执行印制 / 梁拥军 刘淼
发行统筹 / 王誉 柴贵满
媒体运营 / 金锐 何婷

文章投稿 / onewenzhang@wufazhuce.com
图片投稿 / onetupian@wufazhuce.com
问题投稿 / onewenti@wufazhuce.com
商业合作 / onebd@wufazhuce.com
一个官网 / http://wufazhuce.com
一个官方微博 / @亭林镇工作室 @一个App工作室

果麦官网 / http://www.guomai.cc
果麦官方微博 / @果麦文化传媒
果麦官方淘宝店 / http://gmwh.taobao.com

图书在版编目(CIP)数据

在这复杂世界里 / 一个工作室主编. -- 杭州 : 浙江文艺出版社, 2014.11（2016.3重印）
ISBN 978-7-5339-4064-5

Ⅰ. ①在… Ⅱ. ①一… Ⅲ. ①中国文学－当代文学－作品综合集 Ⅳ. ①I217.1

中国版本图书馆CIP数据核字(2014)第240843号

产品经理　陈　曦
责任编辑　金荣良
策　　划　小　饭　　吴　畏
封面设计　陆骏璇

**在这复杂世界里**
一个工作室主编

出版　浙江出版联合集团
　　　浙江文艺出版社

地址　杭州市体育场路347号　　邮编　310006
网址　www.zjwycbs.cn
经销　浙江省新华书店集团有限公司
印刷　北京旭丰源印刷技术有限公司
开本　880mm×1230mm　1/32
字数　245千字
印张　8
印数　320,001-325,000
版次　2014年11月第1版　2016年3月第13次印刷
书号　ISBN 978-7-5339-4064-5
定价　35.00元